内镜下氩离子凝固术

ENDOSCOPIC
ARGON
PLASMA
COAGULATION

诸琦 吴云林 主编

上海科技教育出版社

图书在版编目(CIP)数据

内镜下氩离子凝固术/诸琦,吴云林主编.—上海:
上海科技教育出版社,2006.11
ISBN 7-5428-4286-2

Ⅰ.内... Ⅱ.①诸...②吴... Ⅲ.氩—离子—凝固—
应用—消化系统疾病—内镜检查 Ⅳ.R570.4

中国版本图书馆 CIP 数据核字(2006)第 118482 号

内镜下氩离子凝固术

主　　编：诸　琦　吴云林
责任编辑：蔡　平
装帧设计：汤世梁

出版发行：上海世纪出版股份有限公司
　　　　　上 海 科 技 教 育 出 版 社
　　　　　(上海市柳州路 218 号　邮政编码 200235)

网　　址：www.ewen.cc
　　　　　www.sste.com

经　　销：各地新华书店
印　　刷：上海中华印刷有限公司
开　　本：787 × 1092　1/16
印　　张：5
版　　次：2006 年 11 月第 1 版
印　　次：2006 年 11 月第 1 次印刷
书　　号：ISBN 7-5428-4286-2/R・338
定　　价：100.00 元

ISBN 7-5428-4286-2

9 787542 842862 >

主　编　诸　琦　吴云林

编写者　（按汉语拼音排序）

陈隆典　教授
　　　　南京大学医学院附属鼓楼医院消化内科
陈　颖　博士
　　　　上海交通大学医学院附属瑞金医院消化内科
樊代明　教授　中国工程院院士
　　　　第四军医大学西京医院消化内科
冯　莉　副教授
　　　　上海市闵行区中心医院消化内科
黄颖峰　硕士
　　　　中国协和医科大学中国医学科学院肿瘤医院
　　　　肿瘤研究所内镜科
刘晓天　主治医师
　　　　上海交通大学医学院附属瑞金医院消化内科
孙　波　博士
　　　　上海交通大学医学院附属瑞金医院消化内科
沈　锐　护师
　　　　上海交通大学医学院附属瑞金医院消化内科
王贵齐　教授
　　　　中国协和医科大学中国医学科学院肿瘤医院
　　　　肿瘤研究所内镜科

吴云林　教授

上海交通大学医学院附属瑞金医院消化内科

朱　军　硕士

德国爱尔博电子医疗仪器公司上海（大中华区）
代表处

诸　琦　教授

上海交通大学医学院附属瑞金医院消化内科

赵晓莹　硕士

复旦大学附属肿瘤医院肿瘤内科

责任编辑　蔡　平

学术秘书　孙·波

序　一

　　热探头、单极、双极凝固探头和 Nd：YAG(钇铝石榴石)激光一直以来作为热凝技术运用于内镜下的止血及病理组织的失活。众所周知，这些技术也带来了各种不同的问题和并发症：如热凝固和组织失活的深度较难控制，深度不够可导致治疗不到位；过深则有穿孔的危险。另外，单极和双极凝固术需要直接接触组织，这可能导致电极和组织的黏着而影响治疗。

　　Nd：YAG 激光十分昂贵，不符合人类工程学，且操作上较难控制。喷雾凝固术是电外科学中一种非接触性的治疗方法，与 Nd：YAG 激光相比较为便宜，但在胃肠道和气管支气管系统中并不适用，因为它可引起生物组织的炭化和蒸发，从而产生许多烟雾且有导致穿孔的危险。

　　1976 年 Morrison C F 等改进了传统的电灼接触凝固术代之以应用惰性气体(如氦或氩)治疗靶组织以避免组织的炭化和蒸发。1979 年 Dennid M B 等评估了这种使用不同惰性气体或混合惰性气体治疗实验性胃溃疡出血的方法，由于当时未能实现在有效控制出血的基础上同时控制其损伤的深度，所以未考虑将该方法运用于临床。

　　1986 年，MacGreevy 等进一步改进了 Morrison C F

的氩/氦离子凝固设备，并将其成功地应用于普通外科手术，但仅限于开放性手术中实质性脏器的热凝固止血。

氩气的运用不仅是因为它不易与生物组织发生反应而引起炭化和蒸发，而且还因为它比其他气体更为便宜。这种借助高频电外科学的方法被称为"氩离子凝固术（APC）"。

1991年，德国Grund和Farin通过对一些特殊装置的改进而首次成功地将 APC 运用至可屈式内镜领域。从此，与 Nd∶YAG 激光和常规电凝技术相比，氩离子凝固术的应用范围和被接受程度快速提高。目前，氩离子凝固术已被认为是整个胃肠道和气管支气管系统热介入治疗的金标准。氩离子凝固术的适应证覆盖了所有的热凝止血领域（如肿瘤出血、血管发育不良、放射性直肠炎、血管畸形以及西瓜胃等）；或用于治疗括约肌切开术和息肉切除术后的出血。所有这些相对较难治的出血采用氩离子凝固术均能获得很好的疗效。此外，氩离子凝固术还适用于 Barrett 食管内镜分次切除术后残留腺瘤或组织的失活；或支架内生肿瘤组织的失活以恢复正常通路。氩离子凝固术的治疗特性使其能针对一些特殊的情况如不典型增生和早期癌。正是由于它的这种对穿透深度的可控制性及对较大面积病灶的处理能力使之为局部治疗提供了条件，且其在应用范围、成本及实用性等方面与其他最新的技术相比均占有优势。

尽管氩离子凝固术的热效应深度是有限的，但其最大凝固及组织失活的深度仍可至3～4mm，而这仍超过一些器官壁（如肠壁）的厚度，因此，内镜医师需对基础物理学、氩离子凝固术的作用和特性、不同的适应证、安全性判断以及某些脏器的特殊解剖结构有足够的了解。

本书的编写者总结了氩离子凝固术在内镜中应用的各个方面，是世界范围内关于这项新技术领域的第一本专著。本书的出版希望获得广泛的兴趣和赞同。

Grund KE 教授　　　　　Farin G 教授
德国图宾根大学医院　　　德国图宾根大学医院
内镜外科医学研究中心　　医学研究中心

2006 年 9 月

序 二

内镜下氩离子凝固术是一种新的非接触型内镜下电凝技术。1991年德国的Grund和Farin教授将氩离子凝固技术引入内镜治疗领域；1999年吴云林教授将其引入国内，开展了动物试验并将其应用于临床；诸琦教授在食管疾病、胃肠道息肉、出血性疾病、肿瘤以及疣状胃炎等疾病的治疗中积累了丰富的经验。

大量的动物试验及临床实践表明，氩离子凝固术与以往应用的热探头、半导体激光等技术相比具有明显的优势，作用迅速、有效，且具有较高的安全性。因治疗过程中凝血区与干燥区具有相同恒定的深度，穿孔机会大大降低；氩气探头的非接触性使用避免了接触性治疗引起的探头粘连；较大面积的氩气喷洒可以迅速止血；氩气电弧的均匀细密使结痂均匀牢固；在肿瘤金属支架治疗时，对已置入的金属支架无破坏作用；此外，氩离子凝固术治疗过程具有较少的烟雾、良好的视野和装置轻便易操作等优点。

随着双气囊内镜逐步应用于临床，新的氩离子凝固术导管也应运而生，可以预见氩离子凝固术治疗小肠疾病的良好前景。氩离子凝固术与其他治疗联合应用能增加治疗效果，减少并发症，联合模式的优化和技术参数的选择将是未来研究的重点。由于氩离子凝固设备的发展和对其原理认识的逐步加深将使部分难治性消化系统疾病的治疗成为可能。

　　本书由诸琦、吴云林教授共同主编，并邀请从事消化系统疾病研究的多名专业学者共同编写。本书的内容注重实用性，图文并茂，便于理解。该书的出版将为从事消化和内镜工作的临床医师提供参考。本人有幸先睹为快，并乐意推荐。

樊代明

中国工程院院士
中华消化病学会主任委员

2006 年 9 月

前　言

　　近年来，随着内镜技术的不断发展，许多新技术也被不断地运用于临床，使得消化道疾病的内镜下治疗越来越成熟。内镜下氩离子凝固（APC）技术自1991年运用至消化道内镜治疗至今已有15个年头，中国医学界引入该技术也有七八年的历史，但对于该技术在内镜下的具体应用及其运用技巧，目前国内尚无相关的总结资料和专著。应消化内镜界广大同仁的要求，我们翻阅了国内外文献，收集了相关资料，同时结合了自身的临床操作经验，并在各位专家的协助下完成了"内镜下氩离子凝固技术"一书，旨在提高内镜医师对该技术的认识，推动氩离子凝固技术在国内内镜治疗领域的发展。

　　本书由"绪论"、"氩离子凝固术的特点以及基础与临床研究"、"内镜下氩离子凝固术的临床应用"、"美国消化内镜学会对内镜下氩离子凝固技术的评价"等章、节组成。内容涵盖了氩离子凝固术的原理、科研及临床应用诸多方面，对该技术作了较全面的阐述。

　　在此，衷心感谢 Grund KE 教授、Ferrin G 教授和樊代明院士为本书作序和指导，同时一并衷心感谢贺益萍硕士、崔英硕士对本书编撰所付出的辛勤劳动。

祈请各位同仁批评指正。

诸琦　　　　　吴雪林

上海交通大学医院附属瑞金医院

2006 年 9 月

目　录

1 绪 论

1.1 原 理

氩离子凝固术(argon plasma coagulation，APC)是一种新型的非接触式电凝技术，它通过电离氩气产生氩离子，传导高频电流至靶组织产生热效应，从而达到治疗效果。因其具有电凝深度浅表均匀、无炭化、能够自动搜索病变组织等特性，氩离子凝固术已成为目前最富创新精神的治疗手段之一。

氩离子凝固术手控操作系统氩气管内的高频电极与高频发生器相连接，当高频电压达到一定程度且高频电极与靶组织之间距离适当(即电场强度超过一定阈值)时，可将两者间的氩气流部分电离成导电的氩离子，离子化的氩气能形成高频离子流在探头的远端电极和靶组织表面形成微弱的电火花，在相应的部位产生一定的热效应，从而达到治疗的效果。氩离子凝固术的热效应包括组织失活、凝固、干燥及干燥后所产生的组织固缩(图1-1)，与氩离子流接触的组织，由浅至深分为干燥区、凝固区和失活区。通常离子化空气约需 1000V/cm 的电场强度，而氩、氦等惰性气体的离子化仅需 500V/cm 的低电场强度。

氩气因较其他惰性气体费用低廉而被广泛应用。氩气等惰性气体与空气相比，其优点不仅是电离所需的电场低（所需电压低，且更易起弧），更重要的是其表现出来的内在"惰性"不会导致组织氧化；未电离的氩气在氩离子流外形成一层隔绝空气的保护层，进而减少了组织的炭化，有利于创口的愈合。

由于氩离子凝固术是一种非接触式的电凝技术，因此不会出现因组织黏附电极而给手术操作带来的不便。

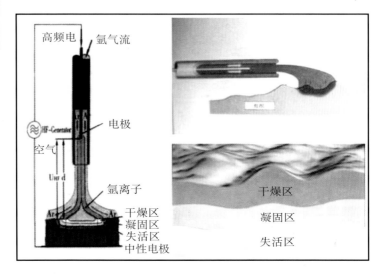

图 1-1 氩离子凝固术的工作原理

应用氩离子凝固术治疗中，一旦靶组织出现凝固脱水，导致其电阻增大，氩离子流能自动避开已凝固部位（高阻抗），而流向尚在出血或尚未充分凝固的部位（低阻抗），从而能够自动搜索病变组织、限制凝固深度，达到浅表均匀的效果，避免了因组织过度凝固而导致的穿孔风险。

此外，氩离子流具有顺应电极和组织间电场方向的特性。治疗中，氩离子流能自动从电极流向最近的导电组织，因此操作时不必考虑组织是否在电极的前面或侧面，仅需将氩离子凝固术电极靠近靶组织进行直向、侧向甚至拐弯扩散就能达到治疗效果。

（朱　军）

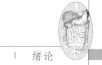

1.2 设 备

1.2.1 仪器配备

软性内镜氩离子凝固术设备由氩离子凝固器、高频发生器和氩离子凝固术电极（电极可通过软性内镜的工作通道）等附件组成（图1-2）。

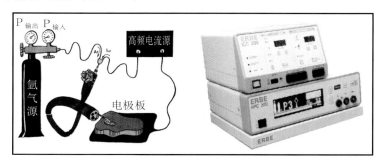

图1-2 设备组成

由德国 ERBE 公司生产的氩离子凝固术电极(图1-3)为一根远端陶瓷管内装有钨丝电极的可屈式纤维特富龙管，前端有

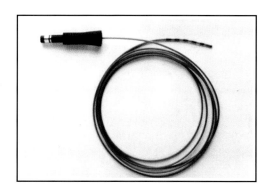

图1-3 软性电极

ERBE 专用的色环标记，可避免治疗时电极离内镜过近而损伤内镜头端，并可在内镜直视下测量病变大小；另外氩离子凝固术的电极顶端有陶瓷头，可避免因治疗中误操作所导致的电极意外热损伤。ERBE 氩离子凝固术电极可即插即用，器械能自动识别电极并调节参数，使用安全简便。电极末端压力恒定：即使电极被部分阻塞时也能自动调节气流压力使其正常输出，进而减少了黏膜下气肿及血管内气栓等并发症的发生，提供了最大的安全保障。ERBE 有多种直径和喷口的氩离子凝固术电极，提供各种型号的侧向喷口（点状、带状、V 型等），电极可重复使用并能在高温高压下消毒。

1.2.2 氩离子凝固器的结构简介

以 ERBE 公司生产的 APC300 型为例，介绍其前后面板上的功能键。

前面板（图 1-4）

图 1-4　ERBE APC300 的前面板

显示屏

APC300 型是用软件支持的机器，显示屏上显示的操作界面起到术者和软件之间对话的作用。通过使用操作界面能控制该机器的切割流（CUT）和凝固（COAT）的流量以及其他功能。

控制氩气供应　有 1 个或 2 个氩气钢瓶连接在 APC300

的显示屏上，以编号 1、2 显示，箭头所指示正在用的钢瓶符号。如 1 号钢瓶内氩气已用空，改用 2 号钢瓶时，则箭头自动切换到 2 号，1 号空钢瓶符号显示闪烁状态。

执行中的程序号 APC300 有 13 个应用程序，P0 序号显示目前执行的是 0 号程序。在常规使用中，若术者反复使用相同的设定值工作，可把这些设定值储存在 13 个程序里的任意标符中。每次操作前，可先调出该程序；每个程序包含下列的设定值（首选的氩气钢瓶符，每种器械的 CUT/COAT 的流量，每种器械的氩气冲洗流量和冲洗时间以及显示屏的亮度和声音信号的音量）。

器械号 APC300 能为每种器械自动设定 CUT/COAT 的流量，只要是由 ERBE 公司配置的器械，均有确定的编号。

启动显示 启动 APC300 时，机器就能发出 CUT 或 COAT 信号，柱状（流量柱）内的灌注水平反映了氩气的大致流量。如流量柱显示灌满，APC300 的氩气流量就如同设定值；如流量柱仅显示部分灌满，表明供气量不足，此时信息行内显示出错信息。

信息行 在信息行里，报警与出错信息以简明的语言显示。字母代表了信息，数字符则表示说明书中的文字说明前的序号，根据数字符可在该仪器说明书的出错表中查到可能引起出错的原因及相应的纠正措施。

CUT/COAT 的流量显示 显示屏上的任何数据均能改变。ERBE 公司配套的各种器械都存在 CUT/COAT 流量限值。

上下键

此键有两种功能：一是用于设定流量参数，如"↑"键可增加流量；另一功能是用于选择菜单时标记菜单的项目。

编程键

APC300 出厂时已设有 13 个应用程序。该键既能启动预设的程序，又能为特定的器械编制和储存 CUT/COAT 的流量值。

输入键

用于切换标准设定值和程序菜单以及选用各种程序。

冲洗键

使用冲洗程序，APC300在使用前后均需用氩气冲洗器械的管道。

仪器的插座

后面板（图1-5）

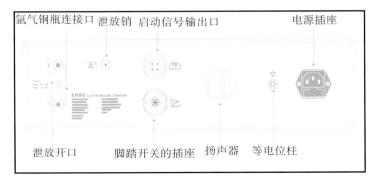

图1-5 ERBE APC300 的后面板

氩气钢瓶的连接

APC300可连接2只容量为5L的氩气钢瓶，氩气钢瓶与该机的连接需安装由ERBE公司原配的减压器和压力软管。注意钢瓶的输入压力，最大值为450kPa。

泄放销

空氩气瓶的压力软管内仍有残留的氩气。更换钢瓶时，应把软管压向泄放销以清空软管内的氩气。

启动信号的输出

启动信号（脚踏开关或手动开关）通过该插座传送到相连的高频电发生器上。

泄放开口

仪器自检过程中，从该开口排出氩气。

1.2.3 新型的氩离子凝固术设备

德国ERBE公司新近又推出了多种新型的氩离子凝固术

设备。以往，小肠一直是肠道内镜检查的盲区，随着双气囊小肠镜的推出，解决了大部分检查盲区。而ERBE公司推出的小肠用氩离子凝固术软管（长3m，直径为1.5mm，图1-6），可直接针对小肠内病变进行治疗；另一种新型的氩离子凝固术电极是环形氩离子凝固术电极（图1-7），其优势为可直接针对狭窄的病变部位进行治疗，虽然已有各种型号的侧向喷口型氩离子凝固术电极可供选择，但应用环形氩离子凝固术电极无需考虑电极的喷口方向，操作更简便。

图1-6 小肠镜氩离子凝固术软性电极

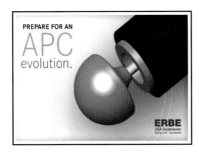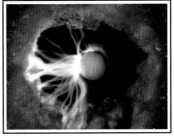

图1-7 环形氩离子凝固术软性电极及其操作示意

此外，ERBE公司还在原先APC300的基础上研发了消化内镜工作站（图1-8），它拥有可控制组织的电凝深度的新

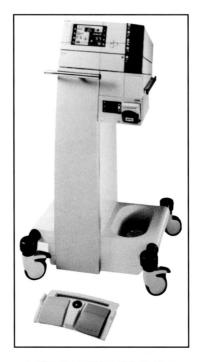

图1-8 消化内镜工作站

型氩气刀模块——APC2，具有更多的氩气治疗模式（强力氩离子凝固术、脉冲氩离子凝固术及精细氩离子凝固术等），术者可根据病变的大小、所需电凝的深度、治疗的目的以及操作的精细程度等进行选择，从而达到最佳的治疗效果。

（刘晓天　朱　军）

1.3　操作方法

　　氩离子凝固术具有非接触性、可产生轴向及侧向电流传导以及电凝深度限制等优点，因此已被广泛应用于内镜的治疗领域。正确的操作不但能达到理想凝血和消除病变组织的作用，

更可避免并发症的发生，降低治疗的风险。

1.3.1 术前操作

A. 熟悉氩离子凝固术设备前后面板的功能键、各接口及其应用程序。

B. 打开氩离子凝固术设备，预通电5分钟，使机器达到热平衡。

C. 将氩离子凝固术的专用导管连接高频发生器，常用功率指数为A60（氩离子凝固术模式，专为氩离子凝固术配设的功率为60W）。

D. 正确连接氩离子凝固术设备和氩气钢瓶，打开氩气钢瓶阀门。

E. 设置氩气的流量（通常为1~4L/min），电场强度的峰值约为5000V/mm，此时组织表面的热凝深度可达2~3mm。治疗胃肠疾病时，氩气流量一般设定为2.4L/min。

F. 确认电极前端无破损或折痕。

G. 体外预试验：在电极导管插入内镜前，应先测试氩离子的点燃和电弧。可将湿肥皂放置在垫板上或插上专用的预试验外接口，脚踏蓝色标记的电凝板，每次持续1~3秒钟，此时电极前端产生短暂的可见性蓝红色火光，同时出现少量无味烟雾，表明电极可正常工作。

H. 预试验后将垫板贴于患者小腿部皮肤。

1.3.2 术中操作

A. 按内镜操作常规进镜。内镜直视下，根据不同的部位、病灶面积的大小以及治疗需求设定氩离子凝固术的功率和治疗持续时间（表1-1）。

B. 经内镜钳道插入氩离子凝固器电极，将其伸出内镜头端，至病灶上方0.3~0.5cm处，以每次持续1~3秒钟的时间施以氩离子凝固治疗。

C. 氩离子凝固治疗时，病灶周边的黏膜初始时发生肿胀，

表 1-1　不同部位功率和时间的设置

治疗部位	功率极限(W)	单次启动延续时间(s)
食管、十二指肠、空回肠和直肠	60	1~3
胃	60~80	1~3
结肠	40~50	1~3
放置支架后组织向内生长	60	3~5
瘘管处理	40~60	0.3~1
大肿瘤（直径≥15mm）	99	3~10
中等肿瘤（直径5~15mm）	80	3~5
小肿瘤（直径≤5mm）	60	1~5

继而因蒸发作用而发生固缩和塌陷。操作过程中应及时抽吸腔内的气体及烟雾，以免影响手术视野和造成患者胃肠胀气。

D.氩离子凝固治疗后，病灶表面泛白、泛黄甚至出现黝黑样变。氩离子凝固治疗的次数可根据病灶的大小、质地等情况而定，通常以内镜下灼除整个病灶为止。

1.3.3 术后处理

A.术后密切观察患者有无便血、持续腹痛及胃肠胀气等症状。

B.脚踏蓝色电凝板，利用氩气流排出导管内的黏液，清洁后将电极擦干并行环氧乙烷消毒。

C.关闭电源及氩气钢瓶阀门，排除各导管内余气。

（诸　琦　赵晓莹）

1.4 适应证与禁忌证

十余年来，内镜下氩离子凝固术的应用，经过不断的实验与临床论证，其应用面越来越广。氩离子凝固术主要有下列适应证与禁忌证。

1.4.1　适应证

食管疾病　包括Barrett(巴雷特)食管、Zenker's（岑克尔）憩室、食管息肉、探条扩张术后出血、食管早期小灶性肿瘤、食管良恶性狭窄、食管内支架置入后网眼和支架上下端因肉芽组织（肿瘤组织）生长造成的再狭窄。

胃肠道出血　包括消化性溃疡出血、癌性溃烂出血、息肉摘除术后渗血、内镜下黏膜切除术（EMR）或内镜下黏膜剥离术（ESD）后局部渗血、血管畸形出血、胃窦毛细血管扩张症引起的出血、放射性结直肠炎出血。

胃肠道息肉及腺瘤残余组织的清除　尤适合于扁平、广基且直径≤1.5cm的息肉或圈套器摘除术后息肉、腺瘤的残余组织。

胃肠道肿瘤　主要适用于早期胃癌，但目前该适应证仍有争议。对晚期肿瘤造成的管腔狭窄有姑息性治疗作用。

其他　包括疣状胃炎等。

1.4.2　禁忌证

A. 患者不能配合术者的操作。

B. 消化道内积满血液，严重影响术者的视野。

C. 食管胃底静脉曲张破裂出血，马–魏(Mallory–Weiss)综合征引起的广泛性出血。

D. 大出血伴休克或合并严重的全身性疾病（如急、慢性心肌缺血，心律失常，肺部疾病以及出血性疾病等）。

E. 操作者缺乏手术经验。

（诸　琦　赵晓莹）

2 氩离子凝固术的特点以及基础与临床研究

2.1 特点与优势

十年来，氩离子凝固术在开放性手术、胸腹腔镜手术、消化内镜、支气管镜等手术中被广泛应用，成为内镜治疗的主要手段之一。许多报道证实：与激光及其他常规的电凝技术相比，配合软性内镜使用氩离子凝固术具有有效、安全、易操作且价格低廉等优点，而这些优点均是由其作用原理及氩离子自身的特性[1,2]决定的。

氩气的特点 氩气是一种惰性气体，对机体无毒无害。

氩离子流的特点 氩离子流不仅能够沿电极轴向直线扩散，还可侧向扩散，治疗效果较为均匀。

结合激光和智能高频电刀的特点 操作时无需接触组织，不会引起粘连。尤适用于激光、微波等治疗难以达到的区域，如胃底和胃体后壁，且操作较激光治疗容易（图2-1）。

费用 氩气的费用比其他惰性气体低廉，且与普通外科手术等常规治疗相比，节约了大量的费用。

治疗作用 安全、快速、有效，对大面积病变组织如Barrett食管、大的宽基息肉等也能起到很好的治疗效果。

适应证广 就病变范围而言，几乎可用于所有消化内镜可以到达的区域。就病变性质而言，可用于出血、良恶性狭窄、血管畸形、肿瘤、息肉等。既可单独应用于一些疾病的治疗，也可与其他治疗方法联合应用。

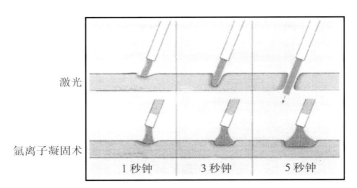

图 2-1　激光和氩离子凝固术治疗过程示意图

并发症低　不会炭化或汽化组织，组织损伤深度多限制在 2 ~ 3mm 以内，虽有穿孔、肠胀气、出血等并发症的报道，但较普通外科手术发生率低，且大多可以通过保守治疗后愈合。

氩离子凝固术与其他治疗联合将会增加治疗效果[3]，且能进一步减少并发症。未来的研究将会放在联合模式的优化和技术参数的选择上，而氩离子凝固术本身的巨大优势将会为人类的健康作出更大的贡献。

（黄颖锋　王贵齐）

2.2　实验性研究

氩离子凝固术早期主要应用于开放性外科手术，目前已被广泛应用于消化内镜治疗领域[4~6]；吴云林等[7]首次将该技术引入我国，并在动物实验及临床治疗中取得了初步的经验。

研究材料采用食用猪的新鲜离体胃。使用德国 ERBE 公司生产的 ICC300 型氩离子凝固器，选用不同的功率以及不同的作用时间段，氩离子凝固探头距黏膜的距离设定为 5mm。在体外分别对每只猪胃的胃体及胃窦黏膜进行烧灼，烧灼后于凝固深度及范围最大处取材。将标本置于 10% 中性甲醛溶液中固定，常规石蜡包埋、切片及 HE 染色，光学显微镜下观察坏死区的组织学改变，并于镜下测量凝固区域的最大深度及宽度。

在光学显微镜下观察结果显示应用氩离子凝固术烧灼后的猪胃黏膜组织表现为不同程度的坏死，随着功率和（或）时间的不断增加，黏膜损伤的深度及宽度亦随之增加。光学显微镜下观察其由浅入深的组织学改变为：黏膜浅层出现坏死组织区域，被覆上皮及胃小凹正常结构消失，嗜深伊红染色，坏死组织内可见较多大小不一、形态各异的空泡样改变（氩气作用于组织时聚集所致）；黏膜层胃体腺细胞核呈极性改变，可见多数核长径指向黏膜表面，并与表面呈垂直状（可能为氩气作用于组织时产生的电场所致）；黏膜肌层坏死时可见有肌纤维断裂，其间亦有大小不一的空泡；当坏死达黏膜下层时，亦可见黏膜下间隙空泡，间隙内可见纤维断裂，呈异染性（图 2-2）。

实验结果分析，组织坏死最深可达黏膜下层，但未达肌层（最深<2mm），其中胃体 3 个，胃窦 5 个，占总数的 8.87%；最大范围可达 7mm。

在光学显微镜下测量结果显示猪胃黏膜的最大损伤深度不超过 2.0mm，其中胃体处为 1.0mm，胃窦处为 1.7mm；最大损伤区域直径（宽度）7.0mm，其中胃体处为 6.5mm，胃窦处为 7.0mm。对胃窦与胃体在输出功率为 80W、作用持续

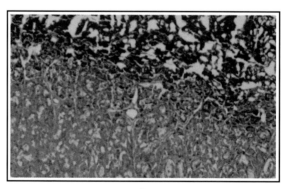

A

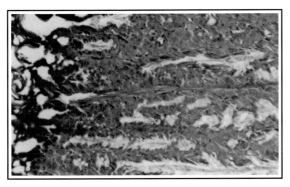

B

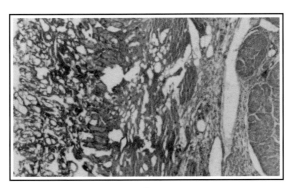

C

图 2-2　胃窦黏膜的光镜下改变

　　A. 显示为 80W、1 秒钟时氩离子凝固术作用的胃窦黏膜浅层坏死区（HE × 25），其表面附有黏液气泡，似"炎性假膜"；坏死区中央底部（靠右侧）黏膜肌层也有坏死及气泡；B. 显示为 80W、5 秒钟时氩离子凝固术作用的胃体黏膜浅层坏死区（HE × 200），呈嗜深伊红染色，组织间有空泡存在；坏死区下层的腺上皮细胞核出现极性改变，多数核的长径指向表面，与黏膜表面呈垂直状；C. 显示为 80W、5 秒钟时氩离子凝固术作用的胃窦黏膜坏死区（HE × 40），中央坏死深度已达黏膜下层，黏膜肌层亦呈嗜深伊红染色，断裂状，肌纤维之间有大小不一的空泡时间为 5 秒钟时的凝固深度及宽度比较，结果表明胃窦部的凝固深度较胃体部略深（$P=0.0317$），而宽度无明显差异（$P=0.1410$）。

同时，研究结果表明，随着功率和（或）时间的不断增加，黏膜损伤的深度及宽度亦随之增加（$P<0.05$，表 2-1，表 2-2）。

表 2-1　不同功率和时间的猪胃体及胃窦黏膜凝固效应深度（mm）的比较

功率(W) 时间(s)	胃　体				胃　窦			
	40	60	80	P 值	40	60	80	P 值
1	0.144 ± 0.040	0.236 ± 0.072	0.360 ± 0.065	0.0008#	0.296 ± 0.2180	0.440 ± 0.207	0.720 ± 0.0840	0.0090#
3	0.410 ± 0.114	0.520 ± 0.130	0.680 ± 0.130	0.0150#	0.440 ± 0.207	0.710 ± 0.288	0.960 ± 0.1520	0.0337#
5	0.570 ± 0.140	0.740 ± 0.114	0.810 ± 0.160*	0.0484#	0.750 ± 0.2830	0.930 ± 0.268	1.320 ± 0.409*	0.0469#
P 值	0.0001△	0.0000△	0.0003△		0.0340△	0.0336△	0.0099△	

*胃体与胃窦部黏膜深度的比较（80W，5s）：$P=0.0317$；#横向三组间比较；△纵向三组间比较

表 2-2　不同功率和时间的猪胃体及胃窦黏膜凝固效应宽度（mm）的比较

功率(W) 时间(s)	胃　体				胃　窦			
	40	60	80	P 值	40	60	80	P 值
1	2.500 ± 0.500	4.200 ± 1.304	4.700 ± 1.204	0.0167#	2.600 ± 0.652	3.900 ± 0.548	4.800 ± 1.037	0.0026#
3	3.200 ± 0.447	4.400 ± 0.548	53.000 ± 0.707	0.0011#	3.300 ± 0.447	5.100 ± 0.548	6.000 ± 0.612	0.0000#
5	4.200 ± 0.274	5.800 ± 0.570	6.500 ± 0.353*	0.0000#	4.100 ± 0.418	5.400 ± 0.548	7.100 ± 0.742*	0.0000#
P 值	0.0001△	0.0278△	0.0110△		0.0023△	0.0023△	0.0029△	

*胃体与胃窦部黏膜宽度的比较（80W，5s）：$P=0.1410$；#横向三组间比较；△纵向三组间比较

Brand CU 等[8]对 150 个不同猪皮肤模型使用不同的氩气流量、作用时间段及输出功率进行实验研究，结果显示凝固区域的深度依赖于高频发生器的输出功率及作用持续时间。对凝固区进行组织学观察显示，最大的凝固深度为 4mm，并且可通过控制高频发生器的输出功率及作用时间段使凝固深度达到 4mm 以下。有学者采集新鲜的手术切除的人胃、小肠和结肠作为标本，设定五种不同的作用功率（40～155W）、氩气流量（2～7L/min）及作用时间段（1～10 秒钟），并采用两种不同的氩离子流角度（45°及 90°），研究了氩离子凝固术作用于组织的深度及周围黏膜的损伤程度。研究结果显示，当功率调至 75～100W，作用持续时间为 5～10 秒钟时，可穿透黏膜肌层；而当功率超过 155W，凝固时间为 10 秒钟时，可见 25% 的肌层表面坏死。当作用持续时间超过 10 秒钟时，已凝固的坏死层可阻止其继续作用。另有学者认为由于氩离子凝固术凝固作用形成的焦痂具绝缘特性，可使组织损伤的深度控制在 1～2mm。Gale P 等[9]在腹腔镜下对家养母猪的大肠进行氩离子凝固术作用研究，结果证实其对周围组织损伤小，即使在较高功率（80W）及较长时间（5 秒钟）作用时，肠组织坏死深度也不超过 2mm。

上述动物实验研究表明，使用氩离子凝固术治疗时，只要选用恰当的功率与治疗持续时间，即可达到良好的治疗效果，同时具有较大的安全性。

（冯　莉　吴云林）

2.3 临床研究

氩离子凝固术基于大量动物试验的研究结果以及不断的探索。目前氩离子凝固术已被广泛应用于消化道出血、息肉、腺瘤及 Barrett 食管等疾病。

2.3.1 Barrett 食管

Barrett 食管是远端食管的正常复层扁平上皮（复层鳞状上皮）被单层柱状上皮取代的病理现象，一般认为其是食管癌的癌前状态。Byrne JP 等[10]应用氩离子凝固术治疗 Barrett 食管，术后随访 6 ~ 8 个月，发现 90% 的患者其化生食管柱状上皮已被扁平上皮取代。Pereira-Lima JC 等[11]对 33 例 Barrett 食管患者（包括部分轻 - 重度不典型增生者）实施氩离子凝固术联合质子泵抑制剂（奥美拉唑 60mg/d）治疗后，发现全部患者恢复为扁平上皮；但同时氩离子凝固术治疗后存在肠化的柱状上皮被再生扁平上皮覆盖的现象，需引起重视。曾有学者报道在随访中发现癌变者。另有报道，采用氩离子凝固术和质子泵抑制剂治疗 Barrett 食管，发现两者联用比单用质子泵抑制剂对 Barrett 食管的治疗效果佳、起效快，但停用质子泵抑制剂后复发率较高。通过对国内外临床资料的荟萃分析，目前认为氩离子凝固术适用于治疗短节段的 Barrett 食管包括伴有不典型增生者；氩离子凝固术联合质子泵抑制剂治疗 Barrett 食管，疗效更为迅速且持久，但不推荐氩离子凝固术单独用于治疗 Barrett 食管，尤其是长节段的 Barrett 食管。

2.3.2 恶性肿瘤梗阻

往消化管腔内生长的恶性肿瘤在管腔狭窄处易引起梗阻，这类病灶往往体积大且易出血，既往大多通过行姑息性手术切除，恢复管腔通畅。使用氩离子凝固术治疗肿瘤灶，可以缓解管腔的梗阻，是一种创伤小、恢复快的治疗手段。Wahab PJ 等[12]用氩离子凝固术治疗 32 例因癌肿梗阻患者，其中 15 例为食管癌梗阻患者（最大的肿瘤直径达 10cm，最狭窄处管腔缝隙仅 0.2cm），经治疗后，3 例解除梗阻，5 例生存期延长至术后 14 个月，3 例因放置支架出现支架移位或再狭窄的患者，治疗后恢复正常通道；10 例为胃癌梗阻患者（其中最大癌灶体积为 5cm × 5cm × 3cm），经氩离子凝固术治疗后 8 例梗阻部位得到疏通；7 例为晚期结肠癌梗阻患者，经氩离子凝固术治疗后全部避免了外科手术，肠道恢复通畅。有学者报道 89 例消化道肿瘤（包括食管癌、贲门癌、胃窦癌、结肠癌）并发管腔狭窄的患者经氩离子凝固术联合局部化疗的治疗后，有效率达 87.6%，梗阻缓解时间为 45 天至 7 个月，平均 3 个月又 10天。应用氩离子凝固术治疗时，直接对隆起性生长的癌肿表面进行烧灼使其坏死脱落，减少癌肿的体积和高度，进而使管腔恢复再通、减少肿瘤出血；尤适用于不宜手术的晚期肿瘤患者。

2.3.3　息肉及腺瘤

　　胃肠道的息肉或腺瘤是常见的消化道增生性疾病，部分患者可发生癌变。以往，内镜下治疗多采用高频电凝电切、激光以及尼龙绳套扎等方法，出血穿孔等并发症发生率较高。

　　目前，胃、小肠和结肠息肉或较小的腺瘤(通常直径<1cm)可以直接用氩离子凝固术治疗，操作方便，并发症少。若为较大的息肉或腺瘤，往往先用圈套器切除息肉或腺瘤，再用氩离子凝固术治疗残端创面，以根除病灶，有效止血，减少复发。

　　有学者对 28 例不同部位的腺瘤行圈套器切除加氩离子凝固术联合治疗，随访 3～18 个月未见复发。另有学者对 72例直径超过 2cm 的结肠广基腺瘤分别用圈套器和氩离子凝固术治疗，证实使用氩离子凝固术分次治疗，能显著降低腺瘤的复发率。作者应用氩离子凝固术治疗胃肠广基扁平息肉 5年余，随访复查，效果满意。

　　氩离子凝固术组的主要不良反应为局部疼痛，而电凝组的缺点主要为电极与组织容易粘连。十二指肠、空肠和回肠肠壁薄，该处生长的息肉和腺瘤应用传统的电凝治疗，穿孔等并发症较多。有研究报道从小肠镜活检钳道插入特制长度的氩离子凝固术导管，治疗扁平形、直径<1cm 的息肉 40 余例，效果佳，无显著并发症，在对 150 例扁平及广基息肉或腺瘤的治疗中，发现仅 10% 的患者出现治疗部位的疼痛，当天或数天后可缓解，无其他不良情况发生（图 2-3）。治疗时，氩离子凝固术

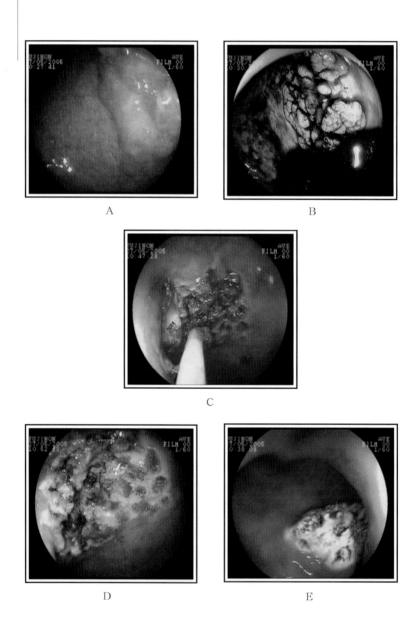

图 2-3　肠镜下直肠侧向生长型腺瘤的表现

A. 直肠的侧向生长性腺瘤； B. 腺瘤染色后； C. 氩离子凝固术治疗中； D. 治疗中的创面； E. 治疗后

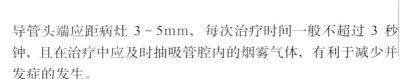

导管头端应距病灶 3～5mm，每次治疗时间一般不超过 3 秒钟，且在治疗中应及时抽吸管腔内的烟雾气体，有利于减少并发症的发生。

2.3.4 疣状胃炎

疣状胃炎是一种具有特征性形态及其病理表现的慢性胃炎。内镜检出率为 1.22%～3.30%。按内镜下形态可分为未成熟型和成熟型两种。未成熟型病变的隆起较低，顶部脐样凹陷大而浅，病变主要由组织炎症水肿引起，可在数天或数月内消失。成熟型病变的隆起较高，顶部脐样凹陷小而深，甚至凹陷消失而呈息肉样。成熟型病变是由未成熟型病变发展而来，主要由组织增生所致。既往对于未成熟型病变主要采用药物治疗方法，对成熟型病变则采用内镜下微波、激光或热凝电极等治疗，对部分病变会有一定疗效。

近年来，采用氩离子凝固术治疗成熟型疣状胃炎的报道在国内逐渐增多。冯莉等[13]应用氩离子凝固术治疗了 40 例成熟型疣状胃炎患者，共计 212 枚病灶，治疗后 1 个月经内镜复查，38 例患者病灶完全消退，未消退的 2 例患者再行氩离子凝固术治疗后，病灶完全消除。有研究报道，采用氩离子凝固术治疗部分经抗幽门螺杆菌、抑制胃酸和保护胃黏膜治疗无效的成熟型疣状胃炎患者，均取得了显著的疗效。有学者对 16 例成熟型疣状胃炎患者行氩离子凝固术治疗后，随访 15～60 天，内镜复查发现原病灶处覆盖新生上皮及肉芽组织，无明显瘢痕形成。对于药物治疗无效的成熟型疣状胃炎病灶，氩离子凝固术的疗效确切，短期内可有效消除病变。

2.3.5 消化道出血

氩离子凝固术适用于非搏动性血管出血的止血，临床上主要用于治疗息肉电凝切除后残端出血、肿瘤或溃疡表面糜烂引起的出血、血管畸形或血管扩张性出血等。有学者评价了氩离子凝固术对出血性病变的长期效果，跟踪了 100 例患者（包括放射性结肠炎、肿瘤、息肉切除后的残端、消化性溃疡等疾病引起的出血者），平均随访16个月，治疗后患者血红蛋白从66g/L上升至111g/L，77%的患者治疗后无需再输血，无并发症。Olmos JA等[14]对氩离子凝固术的治疗效果以及复发情况作了研究，采用氩离子凝固术治疗60例血管畸形出血的患者，均能完全止血，平均随访18个月，83%患者的血红蛋白显著回升，无需再输血，治疗后1~2年86%的患者无再出血，并发症发生率为2.8%。故认为氩离子凝固术是有效且安全的治疗和预防血管畸形再出血的方法。

胃窦毛细血管扩张俗称"西瓜胃"，是上消化道出血的原因之一，Roman S等[15]用氩离子凝固术治疗59例"西瓜胃"，58例出血得到控制，在随后的4~32个月中仅3例再出血。氩离子凝固术对于大部分胃窦毛细血管扩张患者的治疗有效，并发症少。

氩离子凝固术联合药物、金属夹等治疗溃疡性出血，是急诊止血的重要方法。Scamporrino A等[16]对53例消化性溃疡出血患者局部注射1∶10 000的肾上腺素并联合氩离子凝固术治疗，52例（98.1%）的出血立即得到控制，随访中9.6%的患者发生再出血，但无并发症。然而应用氩离子凝固术治疗消化性溃疡出血的疗效并不优于药物治疗或者其他内镜下的止血治疗。有研究报道对25例放射性直肠炎出血者施行氩离子凝固术治疗，并随访14个月，81%的患者出血完全停止，血红蛋白上升，取得了确切的疗效。另有学者用氩离子凝固术治疗了18例放射性直肠炎出血的病例，其中A型（局灶性血管扩张）6例，B型（弥漫性血管扩张）6例，C型（血管扩张伴溃疡糜烂）6例，且术后随访超过6个月，89%的患者术后无复发。但A、B型患者的预后好于C型者。

（吴云林　陈　颖）

主要参考文献

[1] Claydon PE, Ackroyd R. Argon plasma coagulation ablation of Barrett's oesophagus. Scand J Gastroenterol, 2005,40(6):617~628

[2] Garcia A, Nunez O, Gonzalez-Asanza C, et al. Safety and efficacy of argon plasma coagulator ablation therapy for flat colorectal adenomas. Rev Esp Enferm Dig, 2004,96(5):315~321

[3] Tigges H, Fuchs K H, Maroske J, et al. Combination of endoscopic argon plasma coagulation and antireflux surgery for treatment of Barrett's esophagus. J Gastrointest Surg, 2001,5(3):251~259

[4] Dees J, Meijssen M A, Kuipers E J. Argon plasma coagulation for radiation proctitis. Scand J Gastroenterol Suppl, 2006,243:175~178

[5] Kwan V, Bourke M J, Williams S J, et al. Argon plasma coagulation in the management of symptomatic gastrointestinal vascular lesions:experience in 100 consecutive patients with long-term follow-up. Am J Gastroenterol, 2006,101(1):58~63

[6] Kitamura T, Tanabe S, Koizumi W, et al. Argon plasma coagulation for early gastric cancer:technique and outcome. Gastrointest Endosc, 2006, 63(1):48~54

[7] 吴云林, 冯莉. 氩离子凝固术在内镜治疗中的应用. 世界华人消化杂志, 2000,8(6):607~609

[8] Brand C U, Blum A, Schlegel A, et al. Application of argon plasma coagulation in skin surgery. Dermatology, 1998,197(2):152~157

[9] Gale P, Adeyemi B, Ferrer K, et al. Histologic characteristics of laparoscopic argon beam coagulation. J Am Assoc Gynecol Laparosy, 1998,5(1):19~22

[10] Byrne JP, Armstrong G R, Attwood S E. Restoration of the normal squamous lining in Barrett's esophagus by argon beam plasma coagulation. Am J Gastroenterol, 1998,93(10):1810~1805

[11] Pereira-Lima J C, Busnello J V, Saul C, et al. High power setting argon plasma coagulation for the eradication of Barrett's esophagus. Am J Gastroenterol, 2000,95(7):1661~1668

[12] Wahab P J, Mulder CJJ, Den Hartog G, et al. Argon plasma coagulation in flexible gastrointestinal endoscopy: pilot expences. Endoscopy, 1997,29(3):176~181

[13] 冯莉,吴云林,钟捷,等. 氩离子凝固术治疗疣状胃炎40例. 世界华人消化杂志, 2000,8(12):1332~1335

[14] Olmos JA, Marcolongo M, Pogorelsky V, *et al.* Argon plasma coagulation for prevention of recurrent bleeding from GI angiodysplasia. Gastrointest Endosc, 2004,60(6):881 ~ 886

[15] Roman S, Saurin JC, Dumortier J, *et al.* Tolerance and efficacy of argon plasma coagulation for controlling bleeding in patients with typical and atypical manifestations of watermelon stomach. Endoscopy, 2003,35 (12):1024 ~ 1028

[16] Scamporrino A, Occhigrossi G, Iannetti A, *et al.* Endoscopic treatment combined with adrenaline injection and coagulation with argon plasma in gastroduodenal peptic ulcer bleeding. Ann Ital Chir, 2001,72(6):707 ~ 713

3 内镜下氩离子凝固术的临床应用

3.1 在消化道肿瘤中的应用

氩离子凝固术对消化道肿瘤的治疗作用主要为：癌前病变的预防性治疗；早期肿瘤的清除治疗；晚期肿瘤的姑息治疗以及并发症处理。

3.1.1 癌前病变

Barrett 食管

Barrett 食管的发生大多继发于长期的胃－食管反流性疾病，同时因其肠型化生－不典型增生－癌变的发展过程也被公认为食管癌的癌前状态；Barrett 食管是食管癌发病率迅速增加的主要危险因素之一。为了降低这种危险，可采取联合内镜监测及减少食管酸暴露（药物或外科方法）等措施。然而理想的监测间期尚缺乏统一，且仅少部分食管癌患者有明确的Barrett 食管病史，多数则未经监测；药物治疗与抗反流手术的效果亦不满意。有证据显示，若清除 Barrett 上皮使食管在无酸的环境下愈合，就有可能被正常的扁平上皮所覆盖。用于消除 Barrett 食管的常用治疗方法包括内镜下氩离子凝固术、内镜下黏膜切除术、光动力治疗以及激光射频热治疗等。因其病变范围常较广泛，且各种治疗方法均有其相应的局限性和并发症，故目前多数情况下仍然依据施治医师的个人经验及喜好加以选择。氩离子凝固术产生的浅表坏死深度为 2～3mm，故具有消除黏膜表层病变如 Barrett 食管（深度为 0.5～0.6mm）的治疗价值（图 3-1）。一些临床研究证实了氩离子凝固术治疗的可行性。

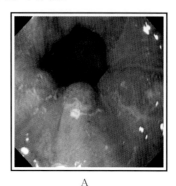 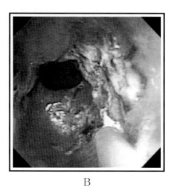

A   B

图 3-1　胃镜下 Barrett 食管的表现

A. 治疗前；　B. 治疗中

有学者治疗了 30 例 Barrett 食管患者，大体观察显示扁平上皮替代了原有的柱状上皮，但组织病理学检查则提示 30% 患者的扁平上皮下仍有肠化生上皮残留；Basu KK 等[1]对 50 例患者行氩离子凝固术与质子泵抑制剂联合治疗，68% 的患者于平均治疗 4 次后病变的清除率达到 90%，持续的病变见于长段 Barrett 食管，肠上皮化生见于 44% 的患者，1 年后仅 38% 的最初成功清除者无复发。Madisch A 等[2]治疗了 70 例病理学检查证实为 Barrett 食管患者，方法为氩离子凝固术加质子泵抑制剂（奥美拉唑 20mg，每天 1 次）治疗，平均随访 51 个月（9～85 个月）后，发现 13 例(19.7%)发展为可疑的舌形或岛形 Barrett 食管，其中 8 例（12.1%）病理学检查确认为 Barrett 食管，平均每年复发率为 3%，未发现瘤变及食管腺癌。另有学者对 30 例胃底折叠术后患者行氩离子凝固术治疗，平均 2 次治疗后全部达到扁平上皮化，1 年后内镜评估除 2 例折叠术失败的患者外其余患者无 Barrett 上皮再生。同样，Roger A 等[3]随机比较了 40 例胃底折叠术后加多次氩离子凝固术治疗

（20 例）与仅行内镜监测(20 例)的患者 1 年的疗效，在完成治疗后 1 个月，氩离子凝固术组 12 例的 Barrett 上皮被完全清除，8 例减少了 95% 的 Barrett 上皮，随访 1 年时 1 例的残留 Barrett 上皮完全退缩；而内镜监测组的 11 例患者 Barrett 上皮部分退缩，3 例短段 Barrett 食管完全退缩，2 例 Barrett 上皮长度增加。总的来说，氩离子凝固术组完全清除率为 63%，而监测组为 15%，两组差异明显，认为用氩离子凝固术治疗 Barrett 食管安全、有效，且疗效持续，肠上皮化生可能随时间延长而消失。

　　氩离子凝固术治疗 Barrett 食管的主要缺点在于部分患者治疗后再生扁平上皮下有肠化上皮残留。有研究报道对 304 例行氩离子凝固术治疗的患者进行综合分析，显示大体清除率达 82.6%，然而 50% 的患者有肠化上皮残留。发热、咽下疼痛及胸痛为术后常见并发症，长段 Barrett 食管治疗后的并发症发生率较高。Pedrazzani C 等[4]应用氩离子凝固术（功率 90W）治疗 25 例 Barrett 食管患者，成功率达 96%（24 例）。每例平均治疗 1.6 次（共 40 次），其中 60% 的患者仅进行了 1 次治疗，24% 治疗了 2 次，16% 治疗了 3 次及 3 次以上。所有患者平均随访 26.3 个月，仅有 1 例在治疗 12 个月后出现肠上皮化生，接受再次治疗后又随访 33 个月，未见复发。Morino M 等[5]对 23 例腹腔镜下 Nissen 折叠术后的患者行氩离子凝固术治疗，3 个月后 24 小时 pH 监测显示：食管酸暴露正常，87% 的病变基本清除，2 例残留新生上皮下 Barrett 上皮岛，而 1 例术后 pH 异常者在用氩离子凝固术治疗同时给予质子泵抑制剂，最终 Barrett 上皮完全被鳞状上皮覆盖。尽管大体及显微镜下显示清除，仍有新生鳞状上皮下黏膜内腺癌的发生。术后抑酸及控制有症状的反流将有助于维持 Barrett 食管组织学的"静止"状态以及减少上皮表面积。但氩离子凝固术对长段病变的治疗往往不彻底，可能会残留化生的上皮；若质子泵抑制剂用量不足，则会出现较高的复发率。

　　内镜下息肉分次切除后的辅助治疗

　　大的无蒂腺瘤，往往不能一次完整切除（除了内镜下黏膜剥离术），而内镜下辅以氩离子凝固术治疗可以对残留的腺瘤进行治疗。Zlatanic J等[6]对77例大的无蒂息肉（直径＞2cm）行分次切除，对30例有残留腺瘤组织的患者应用氩离子凝固术清除残留灶（40W，0.8L/min），6个月的复发率氩离子凝固术治疗组与不用氩离子凝固术治疗组相同，但不用氩离子凝固术治疗组的并发症发生率则高于氩离子凝固术治疗组。另有学者将 21 例大息肉经内镜完全切除后随机分为氩离子凝固术治疗组及观察组，氩离子凝固术治疗组则处理息肉切除后的边缘及基底部黏膜组织及黏膜下组织，随访结果息肉复发率明显低于观察组（10%：64%，$P=0.02$），而非氩离子凝固术治疗组 3 个月的腺瘤复发率为 46%。

3.1.2 早期肿瘤

食管、胃、结肠的早期肿瘤的最佳治疗方法为手术切除，内镜下黏膜切除术及内镜下黏膜剥离术的应用日益广泛，内镜下氩离子凝固术对于超声内镜证实的黏膜癌或 T_1 期肿瘤，有一定的治疗价值。

有报道从 67 例胃肠道 T_1 期肿瘤患者中选出 10 例不能手术治疗者行氩离子凝固术治疗，但其中 9 例肿瘤于平均随访 9 个多月期间复查，活检均无肿瘤证据，仅 1 例失败，无一例出现并发症，可认为氩离子凝固术可作为消化道小肿瘤的治疗方法。

Sagawa T 等[7]对 27 例患者（男性 20 例，女性 7 例，平均年龄78岁）行氩离子凝固术治疗，内镜证实及超声内镜、CT 排除淋巴结受累或远处转移，均为分化良好的黏膜内腺癌（19 例为Ⅱc型，5 例Ⅱa型，2 例Ⅱa+Ⅱc型，1 例Ⅱb型，病灶直径最大为35mm）。随访时间平均30个月（18～49个月），仅 1 例于治疗后6个月复发（3.7%）。复发后再次行氩离子凝固术治疗后肿瘤被完全清除，随访 39 个月无复发。因氩离子凝固术的操作电极可侧向照射且可控制组织凝固深度，故比激光、光动力及微波治疗更具优越性。笔者还对 6 例早期胃癌患者行氩离子凝固术治疗（功率80W，作用时间15秒钟），结果仅1例复发，故认为氩离子凝固术的治疗作用安全有效，能完全清除肿瘤组织，可以作为早期无淋巴结转移的消化道肿瘤的根治方法。

3.1.3　晚期肿瘤

氩离子凝固术已广泛替代激光、双极电凝等方法用于晚期肿瘤的姑息性治疗、清除支架内生长的肿瘤及肿瘤合并弥漫性出血的止血治疗。迄今最大系列报道对83例不能手术的食管及贲门癌行氩离子凝固术治疗，48例（58%）一次治疗后管腔再通且能进食，另外22例于2次治疗后再通，总的疗效为84%，其余患者亦不同程度地缓解了咽下困难的症状，有7例穿孔，但大多经保守治疗而愈合，仅1例行手术治疗。氩离子凝固术亦成功用于治疗1例壶腹部（乏特壶腹）癌梗阻及7例梗阻或伴出血的直肠癌，均成功解除梗阻及止血，未见穿孔及难以控制的出血，梗阻再发时重复治疗依然有效。有学者治疗18例有梗阻症状的食管癌及胃癌患者，设定功率为70W、流量为2L/min，14例（78%）获满意效果。

（陈隆典）

3.2　在早期食管癌和贲门癌中的应用

食管癌和贲门癌在我国的发病率及死亡率均较高，严重危害着人类的健康。食管癌的总体5年生存率不足30%，而贲门癌预后同样较差，主要是由于贲门区特殊的解剖部位，使症状较晚出现，进而拖延诊断。因此，提高癌症生存率的关键是早期诊断、早期治疗。

氩离子凝固术的出现为治疗消化道等部位的疾病带来了契机，一些研究发现应用氩离子凝固术治疗某些浅表病变可达到与外科手术相同的治疗效果。早期食管癌和贲门癌由于病变部位不深，故是应用氩离子凝固术治疗的重要领域。

3.2.1 方法与步骤

治疗前的检查与准备

术前首先要明确诊断，所有病例必须进行病理学活检及内镜超声等检查，经上述检查证实该病例为早期食管癌和贲门癌，且无淋巴结转移等征象，方可行氩离子凝固术治疗。治疗当天禁食、禁水。

应用氩离子凝固术治疗早期食管癌的治疗步骤

A. 治疗时患者取左侧卧位，治疗前采用清醒镇静药咪达唑仑（咪唑安定）等；治疗期间维持静脉通路，持续吸氧，持续心电、血压及血氧饱和度监护。

B. 进镜后首先全面检查食管，然后用 1.2% 的碘液染色以确定病变的位置。早期食管癌内镜下黏膜碘染色为阳性，且多为 I 级，即染色后不着色（内镜下表现为黄色），病变处边界清晰、锐利，或有隆起或凹陷感。正常黏膜经碘染色后，内镜下表现为棕色[8]。

C. 明确病灶范围、数目后，将电极由活检钳管道插入，以电极伸出内镜前端约 1cm 为宜，将电极置于距病变部位 2 ~ 3mm 以外，由远及近沿食管走行方向退镜并进行烧灼凝固治疗（功率 28W，氩气流量为 0.4L/min），可见病变组织逐步发白直至变成黝黑色颗粒状。在治疗时食管黏膜表面由白色—黄色—直至变成棕黄色或黝黑色。应用氩离子凝固术治疗早期食管癌的实例如下。

病例 1　病理诊断：食管扁平上皮重度不典型增生（图 3-2）。

病例 2　病理诊断：食管扁平上皮中度不典型增生（图 3-3）。

病例 3　病理诊断：食管扁平上皮原位癌（图 3-4）。

病例 4　病理诊断：食管扁平上皮重度不典型增生，因

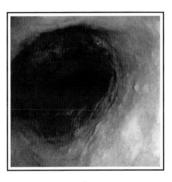

A

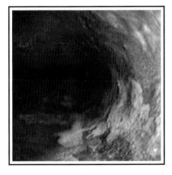

B

C

图 3-2　胃镜下食管扁平上皮重度不典型增生的表现

A. 食管黏膜表面不光滑，有白斑，局部食管壁略僵硬；　B. 病变部位碘染色后不着色，染色后边界清晰、锐利，有隆起感；C. 应用氩离子凝固术治疗后，病变处黏膜凝固、干燥

内镜下氩离子凝固术

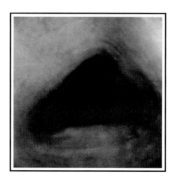

A

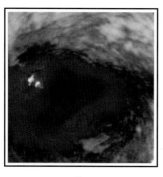

B

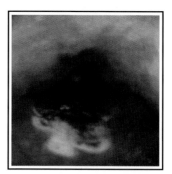

C

图3-3　胃镜下食管扁平上皮中度不典型增生的表现

A. 食管黏膜表面不光滑；　B. 病变部位碘染色后不着色，染色后边界清晰、锐利，有隆起感；　C. 应用氩离子凝固术治疗后病变处黏膜凝固、干燥

A

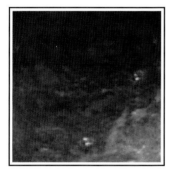

B

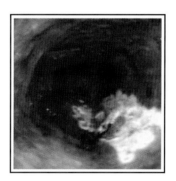

C

图 3-4　胃镜下食管扁平上皮原位癌的表现

A. 食管黏膜表面不光滑、有白斑、局部食管壁略僵硬；　B. 病变部位碘染色后不着色，染色后病变边界清晰、锐利，有隆起感；C. 应用氩离子凝固术治疗后病变处黏膜凝固、干燥各种原因未行黏膜切除术而行氩离子凝固术治疗，治疗 2 个月后内镜及病理学复查发现残留病灶，再次对残留的病灶行氩离子凝固术治疗，治疗 12 个月后内镜及病理学检查未发现残留病灶且未见复发（图 3-5）。

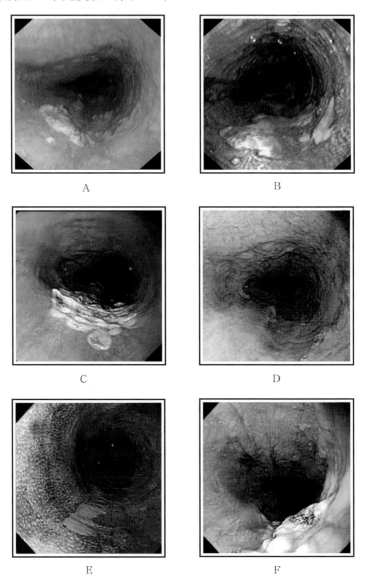

A   B

C   D

E   F

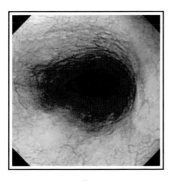
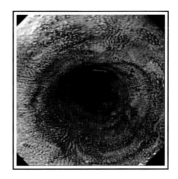

G　　　　　　　　　　　　H

图 3-5　内镜下食管扁平上皮重度不典型增生的表现

A. 食管黏膜表面不光滑、有白斑、局部食管壁略僵硬；　B. 病变部位碘染不着色，从而使病变边界清晰、锐利、有隆起感；　C. 治疗后病变处黏膜凝固、干燥；　D. 治疗 2 个月后内镜下复查，病变呈瘢痕样改变；　E. 再次碘染色，可见食管不着色面积明显缩小，局部有残留病灶；　F. 再次治疗后食管黏膜凝固、干燥；　G. 12 个个月后内镜复查，局部未见明显异常；　H. 碘染色后也未见明显阳性病灶

应用氩离子凝固术治疗贲门癌的方法与治疗早期食管癌的方法相似。早期贲门癌的病理形态多为糜烂型，因此在应用氩离子凝固术治疗早期贲门癌时，首先在黏膜下注射肾上腺素生理盐水，一方面可以根据黏膜局部隆起情况，初步判断病变的浸润深度，并可增大黏膜下层与肌层的间距，提高治疗时的安全性；另一方面，有利于观察和治疗的操作。其次在距病灶边缘四周 0.5cm 内点灼标记治疗范围，将电极伸至病灶上方 3~5mm 内，由远及近退镜灼烧，每次 3~5 秒钟，其余方法与治疗食管癌的方法相同，黏膜表面也出现由白至棕黑色的变化。

病例 5　病理诊断：早期贲门腺癌（图 3-6）。

氩离子凝固术与内镜下黏膜切除术的联合治疗

单独运用氩离子凝固术治疗早期食管癌的复发率和并发症的发生率远远高于癌前病变，故早期食管癌的治疗一般首选内镜下黏膜切除术，并尽可能地完整切除癌组织[9]。下列情况黏

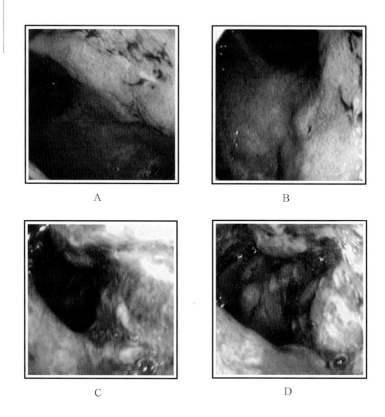

A   B

C   D

图 3-6 胃镜下早期贲门腺癌的表现

A、B. 贲门部黏膜糜烂、隆起； C、D. 应用氩离子凝固术治疗后病变黏膜凝固、干燥

膜切除术可联合氩离子凝固术治疗[10]。

1. 在黏膜切除术治疗过程中，当切除大部分病变组织后局部出现出血。

2. 行黏膜切除术治疗后，通过对切除标本碘染色及内镜下再染色，证实食管病变处有少量残留时。

3. 食管癌病灶可为多发性或者同时合并不同阶段的癌前病变。在用黏膜切除术治疗早期食管癌时，还应该用氩离子凝固术治疗其他部位的病变或不典型增生病变。

4. 行黏膜切除术治疗后复查，经病理证实病变复发者。

病例6　病理诊断：食管扁平上皮原位癌，行食管黏膜切除术，黏膜切除后经内镜下再染色，碘染色标本证实在食管的近端病变黏膜有少量残留，内镜下应用氩离子凝固术治疗残留病灶（图3-7）。

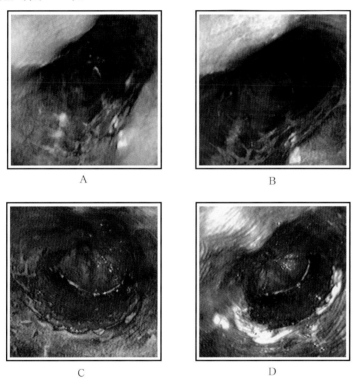

A　　　　　　　　　　　　B

C　　　　　　　　　　　　D

图3-7　胃镜下食管扁平上皮原位癌的表现

A. 时钟位3点至8点位的食管处，食管表面不光滑，白斑，黏膜不规则；　B. 碘染色后病变处不着色区；　C. 黏膜切除术治疗后病变的近端黏膜有少量残留；　D. 经治疗后残留病灶处的黏膜凝固、干燥

病例7　病理诊断：食管扁平上皮原位癌，行食管黏膜切除术，术后经内镜下再染色，以及碘染色标本证实在食管的近端病变黏膜有少量残留，内镜下应用氩离子凝固术治疗残留病灶（图3-8）。

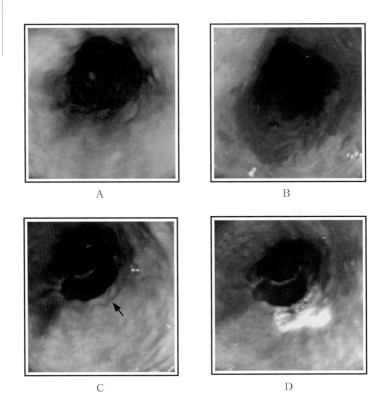

图3-8 胃镜下食管鳞状上皮原位癌的表现

A. 时钟位12点至6点位的食管处，食管黏膜不规则； B. 碘染色后病变表现为斑片状不着色区； C. 箭头所指处是黏膜切除后食管的近端病变有少量残留； D. 残留病灶，治疗后的食管黏膜凝固、干燥

病例8 病理诊断：食管原位癌（图3-9）。

3.2.2 注意事项

A. 早期贲门癌主要位于时钟位的10点至2点位的贲门部，而在此位置应用氩离子凝固术电极进行治疗时观察较困难，通常在应用氩离子凝固术治疗早期贲门癌时将内镜顺时针位旋转，使病灶旋转至时钟位的4点位至8点位后再进行治疗。

B. 根据病变部位、早晚和大小等选择合适的输出功率，早期食管癌及其癌前病变主要累及食管的上皮层，上皮全层

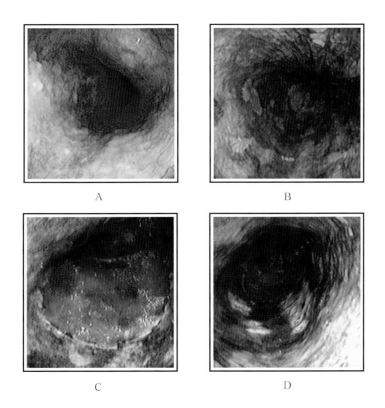

图 3-9　胃镜下食管原位癌的表现

A. 食管黏膜不规则；　B. 碘染色后黏膜多处不着色，从而使部分病变处边界清晰、锐利、有隆起感，部分病变处边缘模糊；　C. 切除病灶后的表现；　D. 食管近端不典型增生病灶，经治疗后食管黏膜凝固、干燥

的厚度仅为 0.3~0.4mm，因此需应用低能量低流量（功率 28W，流量为 0.4L/min）的氩气流，而晚期食管癌和贲门癌则可以选择较高的能量与流量。

3.2.3　治疗后的处理

常规处理

先进流质饮食 1~2 天，然后逐渐恢复正常饮食及工作。

药物

对于食管癌患者，除术前有反酸病史外，术后均无需服用抑酸剂；而贲门癌患者术后 2 周可常规给予抑酸药。

3.2.4 治疗的效果

应用氩离子凝固术治疗处组织热凝固深度一般不超过 2~3mm，愈合较快。2 周后溃疡表面多由再生的与原病理类型相同的上皮覆盖，4 周后多可完全愈合，形成瘢痕。早期食管癌的复发率为 23%，应在行氩离子凝固术治疗后第 1、4、12 个月，2 年，3 年定期进行内镜复查。检查局部愈合及病变的再生情况，并行活检。若有复发，应再次行氩离子凝固术治疗，如果疗效不佳则行手术治疗。若治疗 1 年后未复发则为治疗成功，其中治疗早期食管癌的成功率为 92.3%。

（黄颖锋　王贵齐）

3.3　在消化道出血中的应用

消化道出血常见的原因包括消化性溃疡、消化道肿瘤、息肉或腺瘤、血管畸形、急性炎症、门脉高压性食管 - 胃底静脉曲张破裂，Mallory-Weiss 综合征等。氩离子凝固术的治疗深度一般局限在 3mm 以内，适宜治疗肠道等肌层较薄的组织出血。氩离子凝固术在消化道出血的止血治疗中的应用率正在不断提高，在诸多消化道出血性疾病的治疗中已有取代传统电灼治疗的趋势[11]。

氩离子凝固术治疗消化道出血的实例

行氩离子凝固术治疗时，内镜室应做好充分的应对准备，包括业务熟练的内镜室护士、心电监护设备、急救药品齐备（如肾上腺素等）、各种内镜下的止血治疗设备（如氩离子凝固术设备、圈套器、金属夹等）。氩离子凝固术的凝固效率与仪器的可调功率、作用持续时间以及探头与靶组织的距离有

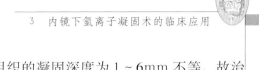

关。氩离子凝固术对组织的凝固深度为 1～6mm 不等，故治疗不同壁厚的脏器病灶或者治疗同一脏器不同病灶采取的策略也应该有所不同，由此才能提高疗效，减少并发症的发生[12]。

治疗上消化道出血性疾病

由于胃部容积大，较容易潴留血液，导致病灶在内镜下难以暴露清晰。所以怀疑为上消化道出血拟作氩离子凝固术治疗者，一般在治疗前应充分洗胃，以洗出液色泽变清为宜。如果是胃部病灶，由于胃壁较厚，可以选择 40W 甚至更高的氩离子凝固术工作功率，作用持续时间 1～3 秒钟，可从不同侧面对较大病灶反复多次治疗。有研究显示对胃或十二指肠标本使用氩离子凝固术治疗，设定功率为 99W、持续 3 秒钟，仅 4% 的标本损伤累及肌层组织。可见，使用氩离子凝固术治疗还是相当安全的。但是，对于食管或十二指肠壁应选取 40W 左右的功率，作用时间以不超过 3 秒钟为宜。

病例1　患者男，35 岁，反复呕血，行胃镜检查后诊断为"西瓜胃"（胃窦毛细血管扩张症）。采用氩离子凝固术多点多次治疗（选用 40W 功率，持续作用时间 2 秒钟，图 3-10）。治

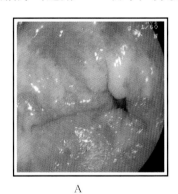
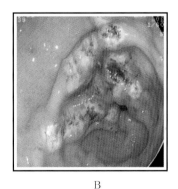

A   B

图 3-10　胃镜下西瓜胃的表现

A. 治疗前，可见胃窦部黏膜血管呈放射状扩张充血；B. 治疗后，局部可见组织凝固伴焦痂，正常胃蠕动波存在；凝固组织仅限于黏膜层，肌层未受影响

疗时病灶无活动性出血表现。治疗后随访1个月未出现呕血等再出血的症状。

病例2 患者女，50岁，发现贲门息肉2天（图3-11）。

氩离子凝固术的操作电极无需接触组织，无粘连，尤适用于止血。凝固的血痂不会因为与探头粘连而被撕脱，可避免造成再出血甚至更严重的出血。此外氩离子凝固术还可用于消化性溃疡出血和食管贲门撕裂综合征出血等的治疗。

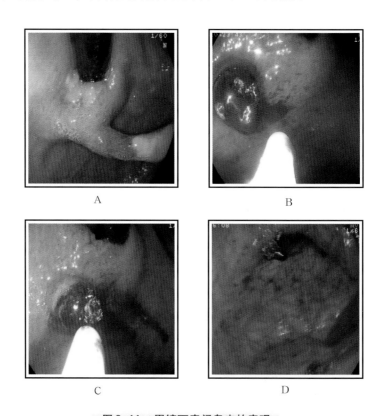

A   B

C   D

图3-11 胃镜下贲门息肉的表现

A. 贲门部见一指状息肉，用圈套器套扎蒂部并电灼；B. 正在出血的残端；C. 经4次氩离子凝固术治疗后，血液凝固，残端出血停止（40W，每次作用时间为2~3秒钟）；D. 显示凝固的黑色血痂覆盖在病灶表面

治疗下消化道出血性疾病

内镜下氩离子凝固术止血治疗主要适用于息肉或腺瘤出血、血管畸形或血管扩张破裂出血、放射性直肠乙结肠炎出血等结肠出血性疾病以及息肉或腺瘤经圈套器治疗后的残端渗血。

术前2天进食无渣半流质饮食，可选用硫酸镁、番泻叶、聚乙二糖醇做肠道准备药物，使用方法与一般全结肠镜检查前的肠道准备相同。禁忌使用甘露醇做肠道准备，以免治疗时引起肠道内气体爆炸。应用氩离子凝固术治疗结肠出血性疾病时，治疗功率一般设定在20~40W，持续时间为1~3秒钟。

病例3 患者女，66岁，间歇性便血3年。内镜下见降结肠至横结肠多处毛细血管扩张病灶并行氩离子凝固术治疗（图3-12）。该患者术后随访6个月，未出现便血等再出血症状。

随着双气囊小肠镜逐步应用于临床，内镜下小肠出血性疾病的诊断率大大提高。适用于双气囊小肠镜的氩离子凝固术电

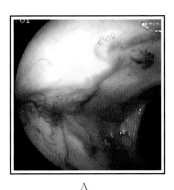

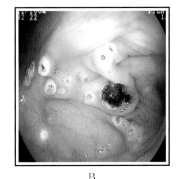

A   B

图3-12 肠镜下结肠黏膜毛细血管扩张的表现

A. 病灶处可见扩张的毛细血管呈团块状或蚯蚓状，部分见鲜血渗出；B. 应用氩离子凝固术治疗后(30W)，可见毛细血管扩张消失，肠壁治疗面干燥、无出血现象

极也应运而生。虽然目前相关报道较少，但可预见氩离子凝固术用于治疗小肠出血性疾病的治疗前景广泛。

（陈 颖 吴云林）

3.4 其他应用

除了应用于早期食管癌、贲门癌的治疗以外，氩离子凝固术也可应用于治疗放射性肠炎出血、血管畸形等。

3.4.1 Zenker's 憩室

Zenker's 憩室即咽食管憩室，是最常见的一类食管憩室，多发生于 30~60 岁，主要是由于环咽肌功能失常所致。由于吞咽时环咽肌延迟松弛、痉挛或提早关闭，在紧靠环咽肌的上方产生高压，使食管黏膜在咽下缩肌的斜行纤维和环咽肌的横行纤维围成的三角区处向外膨突，逐步形成假性憩室。进入憩室的食物、唾液等不能完全排空，造成咽下困难、异物感及吸入性肺炎等。Zenker's 憩室主要靠外科手术和耳鼻喉科治疗，但效果均不太理想且易复发。

Mulder CJ 等[13]应用氩离子凝固术治疗了 125 例 Zenker's 憩室患者，平均年龄 77 岁（41~100 岁），3 例患者曾行外科手术治疗，12 例曾在耳鼻喉科治疗但效果不佳。所有患者均预防性使用抗生素和局部麻醉，留置胃管后，用氩离子凝固术切开 Zenker's 憩室桥，必要时合并使用单极热活检钳，平均治疗次数为 1.8 次。治疗后所有患者症状均有好转，17 例出现皮下气肿，5 例出现纵隔气肿，2 例有出血现象。也有学者报道了成功应用氩离子凝固术治疗高龄、无法吞咽、一般情况较差的 Zenker's 憩室患者。可见应用氩离子凝固术治疗 Zenker's 憩室是安全可行的，即使在患者一般情况很差或不用全麻的情况下也可实施操作。

3.4.2　放射性直肠炎出血

放射性肠炎是盆腔、腹腔、腹膜后恶性肿瘤经放射治疗引起的肠道并发症，可分别累及小肠、结肠和直肠。当照射量大而持久时，黏膜可发生局部或弥漫性溃疡，其分布与深浅各异，周围黏膜常呈结节状隆起，四周的毛细血管扩张，易出血（图3-13），发生率为6%～8%。针对放射性直肠炎的治疗方法主要有内镜直视下压迫止血、去甲肾上腺素保留灌肠、经导管动脉栓塞治疗或手术治疗等，而药物治疗往往无效，外科手术并发症较多，死亡率也较高。

Ben-Soussan E等[14]应用氩离子凝固术治疗27例放射性直肠炎患者，术后随访3～31个月，每例患者分别进行1～7次（平均2.66次）治疗，其中25例（92%）未有再出血，出血评分由3.03降至0.42（$P<0.001$），内镜评分由3.08降至0.73（$P<0.001$）。治疗前8例患者需输血，治疗后仅1例仍需输血（$P<0.05$）。Canard JM等[15]应用氩离子凝固术治疗了16例放射性直肠炎患者，术后随访3～35个月（平均20个月），每例患者分别进行了1～5次（平均2.3次）治疗，出血评分由2.67降至0.77（$P<0.001$），内镜评分由1.61降至0.3（$P<0.002$），总有效率达87%。此外另有学者发现，应用氩离子凝固术治疗放射性直肠炎出血的效果显著，平均血红蛋白从治疗前的$(77 \pm 28)g/L$至治疗后$(115 \pm 26)g/L$（$P = 0.003$）。

3.4.3　胃窦毛细血管扩张出血

胃窦毛细血管扩张症又称"西瓜胃"，主要是胃窦部固有黏膜浅层的毛细血管扩张，胃镜下呈现多发性小红点或纵型条状发红的黏膜（图3-14）。常见的临床表现为贫血和慢性隐性消化道失血，药物及常规内镜治疗效果均不甚理想。

Probst A等[16]对17例胃窦毛细血管扩张出血患者行氩离子凝固术治疗，其中16例为缺铁性贫血，11例（65%）依赖输血。每例患者分别行1～4次治疗。治疗后平均血红蛋白由

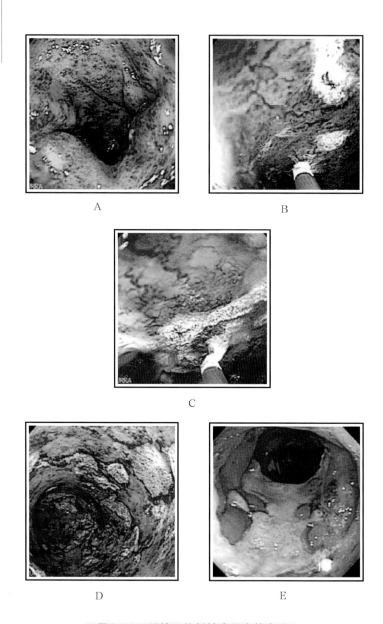

A   B

C

D   E

图 3-13　肠镜下放射性直肠炎的表现

A. 放射性直肠炎治疗前；　B、C. 放射性直肠炎治疗中；　D. 放射性直肠炎治疗后；　E. 放射性直肠炎治疗 8 周后

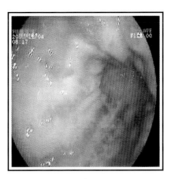

A

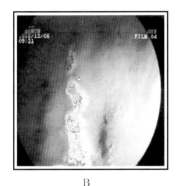

B

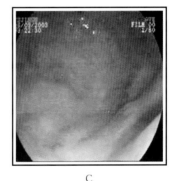

C

图 3-14　胃镜下胃窦毛细血管扩张出血的表现

A. 治疗前；B. 治疗中；　C. 治疗后

术前的平均 78g/L 升至平均 115g/L，仅有 1 例仍需输血。随访 1～65 个月，中位期有 5 例患者出现复发。Yusoff I 等[17]也报道了对 5 例平均年龄 71 岁（58～83 岁）的胃窦毛细血管扩张出血患者行氩离子凝固术治疗，其中 4 例依赖输血。每例患者平均进行 2.6 次治疗。术后所有患者停止输血且血红蛋白均显著提高，未出现明显并发症。平均随访期 20 个月后，2 例（40%）复发，并成功施行再次氩离子凝固术治疗。笔者也应用氩离子凝固术治疗了 8 例胃窦毛细血管扩张出血患者，平均每例治疗 3 次(1～5 次)，末次治疗后平均随访 12 个月。治疗后平均血红蛋白由治疗前的 70.9g/L 升至 126g/L；且治疗后输血量显著减少（*P*<0.05）。除治疗处局部疼痛外，未出现与治疗过程相关的其他并发症。

3.4.4 食管静脉曲张

食管静脉曲张破裂出血为肝硬化门脉高压患者常见的并发症，起病急且出血量大，死亡率高达 15%～35%，目前常见的治疗方法有药物控制、食管静脉曲张套扎术、黏合剂治疗、经颈静脉肝内门体分流术及肝移植等，近年来氩离子凝固术在食管静脉曲张治疗中的联合应用备受关注。

Cipolletta L 等[18]对 30 例有肝硬化病史，出现过急性食管曲张静脉破裂出血或套扎过程中有过曲张静脉破裂出血的患者行食管静脉曲张套扎术，术后随机分为两组。16 例行氩离子凝固术辅助治疗，14 例为对照。两组在年龄、Child 评分等方面均类似。治疗组在距离食管胃交界 4～5cm 处应用氩离子凝固术对食管黏膜全周烧灼，每例治疗 1～3 次。治疗过程中未出现严重并发症。平均随访 16 个月（9～28 个月）后，应用氩离子凝固术治疗组未发现静脉曲张及曲张静脉破裂出血，而对照组 14 例中 6 例（42.8%）发现静脉曲张（*P*<0.04），1 例再次出现曲张静脉破裂出血。另有研究报道了对 11 例曾有食管曲张静脉破裂出血的患者行食管静脉曲张套扎术，术后曲张静脉由 F3 级缩小至 F1 级或消失，再行氩离子凝固术治疗，平均随访 637.4±56.5 天，未出现曲张静脉复发，也未见明显并发症。氩离子凝固术治疗的原理可能为使黏膜局部瘢痕形成，从而阻止静脉曲张再生。但氩离子凝固术在食管静脉曲张中的应用仍有待于大样本的临床研究。

综上所述，内镜下氩离子凝固术治疗消化系统疾病是便捷、安全、高效的，且副作用较少。随着氩离子凝固术设备的不断改进和操作者技术的进一步熟练，氩离子凝固术在消化系统疾病治疗中的应用一定会有更广阔的前景。

（诸　琦　赵晓莹）

3.5　并发症

　　氩离子凝固术相对于其他内镜治疗而言具有自身的独特之处，其常规治疗的热效应深度不超过3mm，即使是对较大范围病灶的治疗也如此，并且氩离子流能自动选择到达组织的最佳通路。治疗时，离子化的氩气在喷出电极时向病灶四周分散使局部能量也相应地分散到病灶四周。因此，理论上氩离子凝固术治疗较其他内镜治疗方法更为安全，但如同其他的内镜下治疗一样，氩离子凝固术也可发生消化道穿孔等严重的并发症[19, 20]，尤其在右半结肠。

消化道穿孔

　　穿孔是氩离子凝固术治疗的主要并发症。有学者统计了125例经氩离子凝固术治疗的患者，治疗中穿孔的发生率为4%（6例），其中1例行外科手术缝合，5例经保守治疗后好转。另有报道氩离子凝固术治疗的穿孔发生率为0.31%，一旦发生穿孔对大部分病例应首先采用内科保守治疗，同时使用抗生素预防感染，若无效则应及时采取外科措施。

皮下气肿和气腹

　　有少数报道患者经氩离子凝固术治疗后产生了有症状或无症状的气腹和皮下气肿[21, 22]。这些并发症可能是因治疗过程中盲肠的过度扩张或内镜医师将电极头端直接接触肠壁所引起。

胃肠胀气

　　由于内镜操作过程中向胃肠腔内注气过多及氩离子凝固术术中由电极喷出的气体所致，少数患者可产生黏膜下气肿。

腹痛

　　吴云林等对40例胃肠扁平及广基息肉患者行氩离子凝固术治疗，其中5例患者（12.5%）术中或术后出现腹部疼痛，症状持续数小时至数天后缓解，未再出现其他严重的并发症。

局部炎性肉芽肿形成

较少见。Schmeck-Lindenau HJ 等[23]使用氩离子凝固术治疗 1 例胃窦毛细血管扩张出血综合征，共做 6 次治疗，6 个月后行胃镜检查发现原治疗部位出现了大块状质地柔软的息肉样病灶，组织学检查证实为炎性肉芽肿。

其他

氩离子凝固术治疗食管疾病时可能会出现吞咽疼痛、咽下困难、出血、胸骨后疼痛及发热等症状。另报道对 1 例 85 岁的女性患者行乙状结肠癌氩离子凝固术姑息性治疗时，发生肠内气体爆炸，但未引发穿孔及腹膜炎，原因为患者术前使用了磷酸钠灌肠，导致术中肠腔内产生大量的 CO_2 所致。

（孙　波）

3.6 注意事项

氩离子凝固术尽管具有操作简单易行、治疗效果好及并发症少等优点，但术者还应注意掌握操作中的各种注意事项，以降低手术的风险。

氩离子凝固术与氩激光凝固术均为非接触性技术，但两者的原理完全不同。氩离子凝固术是通过电离的氩离子流将高频电能传递至靶组织，并能够自动搜索病变组织、控制组织的电凝深度；氩激光凝固术则是利用激光发生器产生激光，经传导系统作用于生物组织，主要是光能的致热作用使其在极短时间内产生高温，达到对组织的切割、汽化、凝固和止血等目的。与氩激光凝固术相比，氩离子凝固术明显提高了治疗的安全性（图 3-15）。

内镜下氩离子凝固术治疗前首先应在体外进行测试，检查氩气软管有无损坏。无法激发和起弧时，应及时查找原因（如器械的连接、氩气瓶的容量等），并作出相应的处理；若氩气

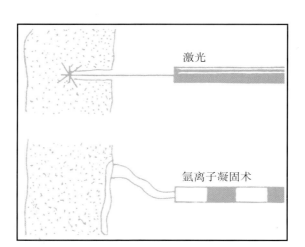

**图3-15　氩激光凝固术与氩离子凝固术
对组织作用深度的展示**

软管有破损的情况则必须停止使用，以免损伤内镜。在确保氩
离子凝固术起弧正常、氩气软管无损坏的情况下，方可使用。

　　使用氩离子凝固术在电极伸出内镜前端时应至少使其末端
的第一个黑色环出现在内镜视野中（图3-16），以避免机械或
电凝导致的意外损伤。

　　应用氩离子凝固术烧灼组织时，电极应与靶组织保持适当

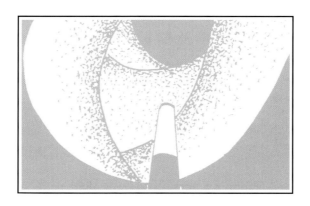

图3-16　电极插入的深度

内镜下氩离子凝固术

的距离，以确保足够的电场强度电离氩气。为了使氩离子能正常地激发和起弧，电极可先靠近组织，当氩气被电离后，电极与组织的距离应保持在 3~5mm（图 3-17）。

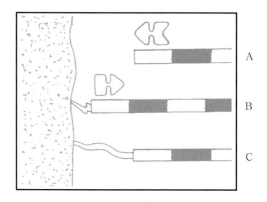

图 3-17　电极与组织保持适当距离的图示

A. 电极离组织过远需拉近；B. 电极离组织太近需移开；C. 电极与组织的正常距离

行氩离子凝固术治疗时不可将使用中的电极用力压向器官内壁，以免引起组织气肿、血管气栓等并发症（图 3-18）。

在金属固定物内或附近操作时，应尽量避免氩离子凝固术电极与金属物的直接接触，保持适当距离（图 3-19）。

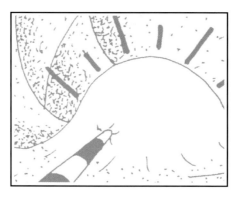

**图 3-18　电极用力压向器官
内壁易对组织造成损伤**

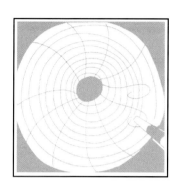

图 3-19　电极与金属物过度接近时会损害金属物

　　操作中避免向胃肠道内注入过多的氩气，以免产生胃肠胀气；操作中应随时观察并监测患者的症状和腹部体征；必要时，可进行负压抽吸或放置减压管以改善症状。

　　必须确保手术的安全性，若操作者对氩离子凝固术使用不熟练时，可采用多次短时激发的方法，以避免氩离子凝固术长时间启动带来对组织的不必要损伤。

　　操作者可根据具体的治疗部位和疾病种类，适当调节氩离子凝固术的功率和单次启动的时间（如右半结肠功率的最大值为 40W，单次启动时间为 0.5～1.0 秒钟）。

（朱　军）

附：氩离子凝固术中的护理配合

　　氩离子凝固术用于内镜下消化系统疾病的治疗，尤其在消化道息肉、肿瘤的切除和止血等方面取得了令人满意的疗效，且治疗效果安全可靠；但其作为一种有创的治疗手段仍有一定的危险性，取得患者术中的配合以及加强术前术后的护理也是极其重要的。

术前护理

心理护理

应首先了解患者的病史，若发现有治疗禁忌证，则应暂缓检查。术前应与患者充分沟通，介绍治疗的方式和过程、优越性以及手术的成功率等，使其了解手术的全过程，增强对治疗的信心。应介绍的主要内容：(1)讲述氩离子凝固术的技术特点和安全性，以消除患者的疑虑和紧张情绪 [24]；(2)向患者介绍治疗的大致过程，取得患者对治疗的配合；(3)为患者讲解术后可能产生的不适症状和并发症，争取患者的理解并在术前同意书上签字。

患者的准备

对体质虚弱的患者，术前应根据需要适当地给予补液支持。对伴有高血压、冠心病及心律失常等全身性疾病的患者，术前应密切观察生命体征尤其是血压的变化，并进行心电图检查，同时进行术中心电监护和血氧饱和度监测。

与普通的胃肠镜检查相同，对在胃镜下行氩离子凝固术治疗的患者，需空腹6小时以上，上午治疗者，前一天晚8时后禁食，手术当天早晨空腹；下午治疗者，手术当天的早晨进食清淡的半流质后禁食。同时，护士应对患者讲明术中应取的体位以及术前的注意事项，如取出义齿，松开衣领、腰带等，教会患者在医师插镜时配合吞咽，使其对操作中可能产生的不适感有所准备，术前可使用少量镇静剂并进行适当的咽喉部麻醉。

对肠镜下行氩离子凝固术治疗的患者，检查前两天起进食少渣清淡的半流质，前一天起进食清淡流质，上午行手术者，手术当天清晨禁食并于5时左右服泻药（泻药可选用25%硫酸镁、番泻叶或高渗电解质液等）进行肠道准备，也可根据不同情况配合给予不保留灌肠；若下午行手术者，手术当天的清晨进食流质并于9时左右服泻药，中午禁食。若患者不能忍受饥饿可在术前2小时少量进食饼干、面包等干点，也可根据医嘱给予高渗葡萄糖溶液补充能量。肠道准备的完成以患者排出无实质性物质的水样便为标志。

术前 30 分钟给予肌内注射解痉剂后将垫板固定在患者的小腿上。

氩离子凝固术术中使用的常规物品包括：大孔道内镜（有利于保护氩离子凝固术导管及治疗过程中抽吸消化道内的气体和烟雾）、三爪钳、止血夹、活检钳、网篮、圈套器、喷洒导管、注射器、肾上腺素或 0.9% 氯化钠注射液等。

术中护理

应密切观察患者生命体征的变化，若在氩离子凝固术治疗中出现不适，则应及时安慰患者。操作时治疗医师先经内镜直视下观察病灶，确定其方位，然后护士配合将氩离子凝固术电极插入内镜钳道进行治疗[25]。

术后护理

器械的处理

使用过的内镜按照内镜消毒原则彻底地清洗消毒。

氩离子凝固术治疗装置的处理：脚踩蓝色标记的电凝板，通过气流将导管内黏液排除，以保持导管的通畅，清洁后擦干导管并行环氧乙烷消毒，关闭电源开关和氩气钢瓶的阀门。定期检查仪器设备，放置时应注意避免阳光直射、防潮、防湿以及防高温。

对患者的观察以及护理

治疗结束后护送患者回病室，观察生命体征尤其是血压的变化，回病室后即刻测量血压，以后 2 小时测量 1 次，共 2 次（有特殊情况时应随时进行血压监测）；同时观察患者的腹部体征，关心患者有无不适主诉：（1）若有胃肠胀气症状通常无需进行特别的处理，做好患者的安抚工作并向其解释这种症状可在数天内自行消失，仅需注意饮食，不能进食产气的食物（如奶类、豆类或甜食等）；（2）如出现持续性疼痛，应仔细进行体格检查，及时通知值班医师，避免遗漏穿孔、出血等并发症；（3）密切留意患者有无便血情况，若有便血发生，应立即通知值班医师及时处理，并可根据医嘱给予止血药物及补液支持等治疗[26]。

（沈　锐）

主要参考文献

[1] Basu KK, Pick B, Bale R, *et al* . Efficacy and one year follow up of argon plasma coagulation therapy for ablation of Barrett's oesophagus: factors determining persistence and recurrence of Barrett's epithelium. Gut, 2002,51(6):776 ~ 780

[2] Madisch A, Miehlke S, Bayerdorffer E, *et al.* Long-term follow-up after complete ablation of Barrett's esophagus with argon plasma coagulation. World J Gastroenterol, 2005,11(8):1182 ~ 1186

[3] Roger A, William T, Mark S, *et al.* Prospective randomised controlled trial of argon plasma coagulation vs.endoscopic sueveillance of patients with Barrett's esophagus after antireflux surgery. Gastrointestinal Endoscopy, 2004,59(1): 1 ~ 7

[4] Pedrazzani C, Catalano F, Festini M, *et al.* Endoscopic ablation of Barrett's esophagus using high power setting argon plasma coagulation: a prospective study. World J Gastroenterol, 2005,11(12): 1872 ~ 1875

[5] Morino M, Rebecch F, Giacone C, *et al.* Endoscopic ablation of Barrett's esophagus using argon plasma coagulation(APC) following surgical laparoscopic fundoplication. Surg Endosc, 2003, 17(4):539 ~ 542

[6] Zlatanic J, Waye JD, Baiocco PJ, *et al.* Large sessile colonic adenomas: use of argon plasma coagulator to supplement piecemeal snare polypectomy. Gastrointest Endosc, 1999,49(6):731 ~ 735

[7] Sagawa T, Tagayama T, Oku T, *et al.* Argon plasma coagulation for successful treatment of early gastric cancer with intromucosal invasion. Gut, 2003,52(3):334 ~ 339

[8] 王贵齐，魏文强，吕宁，等. 应用内镜下碘染色在食管癌高发区进行普查的意义. 癌症，2003,22(2):175 ~ 177

[9] Canard JM, Vedrenne B. Clinical application of Argon Plasma Coagulation in gastrointestinal Endoscopy: has the time come to replace the laser? Endoscopy, 2001,33(4):353 ~ 357

[10]　王贵齐，魏文强，郝长清，等. 早期食管癌及其癌前病变内窥镜透明帽法食管黏膜切除术. 中华医学杂志，2003,83(4):306 ~ 308

[11] Hauge T, Moum B, Sandvei P, *et al*. Argon plasma coagulation—a new method in therapeutic endoscopy. Tidsskr Nor Laegeforen, 2000,120 (12):1413～1415

[12] Kwan V, Bourke MJ, Williams SJ, *et al*. Argon plasma coagulation in the management of symptomatic gastrointestinal vascular lesions:experience in 100 consecutive patients with long-term follow-up. Am J Gastroenterol, 2006,101(1):58～63

[13] Mulder CJ, van den Hazel SJ. Intraluminal therapy for Zenker's diverticulum. Chirurg, 1999,70(7):757～760

[14] Ben-Soussan E, Antonietti M, Savoye G, *et al*. Argon plasma coagulation in the treatment of hemorrhagic radiation proctitis is efficient but requires a perfect colonic cleansing to be safe. Eur J Gastroenterol Hepatol, 2004,16(12):1315～1318

[15] Canard JM, Vedrenne B, Bors G, *et al*. Long term results of treatment of hemorrhagic radiation proctitis by argon plasma coagulation. Gastroenterol Clin Biol, 2003,27(5):447～449

[16] Probst A, Scheubel R, Wienbeck M. Treatment of watermelon stomach (GAVE syndrome) by means of endoscopic argon plasma coagulation (APC): long-term outcome. Z Gastroenterol, 2001,39(6):447～452

[17] Yusoff I, Brennan F, Ormonde D, *et al*. Argon plasma coagulation for treatment of watermelon stomach. Endoscopy, 2002,34(5):407～410

[18] Cipolletta L, Bianco MA, Rotondano G, *et al*. Argon plasma coagulation prevents variceal recurrence after band ligation of esophageal varices: preliminary results of a prospective randomized trial. Gastroenterology, 2003,124(5):1545～1546

[19] Manner H, May A, Faerber M, *et al*. Safety and efficacy of a new high power argon plasma coagulation system(hp-APC) in lesions of the upper gastrointestinal tract. Dig Liver Dis, 2006,38(7):471～478

[20] Soussan EB, Mathieu N, Roque I, *et al*. Bowel explosion with colonic perforation during argon plasma coagulation for hemorrhagic radiation-induced proctitis. Gastrointest Endosc, 2003,57(3):412～413

[21] Chung YF, Koo WH. Gastric pneumatosis after endoscopic argon plasma coagulation. Ann A cad Med Singapore, 2005,34(9):569～570

[22] Hoyer N, Thouet R, Zellweger U. Massive pneumoperitoneum after endoscopic argon plasma coagulation. Endoscopy, 1998,30(3):S44～45

[23] Schmeck-Lindenau HJ, Kurtz W, Heine M. Inflammatory polyps:an unreported side effect of argon plasma coagulation.Endoscopy, 1998,30 (8):S93～94

[24] 唐静. 胃镜下氩离子凝固术的应用和护理. 护士进修杂志，2005,20
      (3):273～274

[25] 吴美蓉，王新丹，蒋巧. 内镜下氩离子凝固术治疗消化道疾病的护
      理 12 例. 中国实用护理杂志, 2004,20(4):8～9

[26] 张晓荣，王阁，彭安国，等.内镜下氩离子凝固术治疗消化道息肉
      的疗效与护理. 第三军医大学学报, 2003,25(22):2008～2011

4 美国消化内镜学会对内镜下氩离子凝固技术的评价

美国消化内镜学会（ASGE）至今已发表了一系列对氩离子凝固术的评估性文章，以促进这一新技术在医学领域的合理应用。本文旨在提供该技术的相关信息以促进临床医师的了解与学习。由于目前仅有初步的临床研究，尚缺乏随机对照的实验数据，故内镜医师仍须从今后的医学著作中进一步关注氩离子凝固术的功效、安全性及社会效益。

4.1 背　　景

氩离子凝固术是一种对组织的热凝固技术，早已应用于开放式手术和腹腔镜手术，1991 年被正式引入内镜治疗领域[1]。探头经活检钳道送达病变处后，可迅速对表面组织进行非接触性治疗。

4.2 技术评价

4.2.1 物理原理

氩离子凝固术是一种通过离子化的氩气（氩离子流）将高频单极电流束传送至靶组织的非接触性电凝技术。传导到组织表面的电流束可致组织凝固，组织凝固的深度取决于电能发生器设定的功率、氩气流量、作用时间段以及探头与组织的距离。氩离子流呈弧状，接触组织后产生浅表的或切线方向的凝固效果。组织热凝固后，有限的炭化和凝固深度使组织形成了一个表浅、干燥的电绝缘层和汽化层（来自沸腾的组织）。干燥的电绝缘层使治疗区域的电阻逐渐增高，可促使电流流向其他电阻较低的组织。但若作用时间过长也可导致过度的炭化、汽化和深层组织的损伤。

4.2.2 设备

氩离子凝固术装置包括高频单极电能发生器、氩气源、流量表、纤维传送导管、接地板、控制器和能量的脚踏开关。探头可引导离子流沿导管轴平行或垂直传送。用于内镜的一次性探头包括一根远端陶瓷管内装有钨丝单极电极的纤维特富龙管。氩离子凝固术探头有多种规格（直径2.3mm，分别长220cm和440cm；直径3.2mm，长220cm）。脚踏开关可同步控制氩气的释放和电流的传输。电能发生器输出电压可达5000～6500V；能量大小可在0～155W间调节；氩气流量可在0.5～7L/min间调节。

4.2.3 操作设定

设备的使用设定根据不同厂商的产品、适应证、研究目的不同而各异。氩离子凝固术实验研究显示凝固区域的深度、直径与作用时间的长短、设定功率的大小呈正比。通常，较低的功率（40～50W）和较低的氩气流量（0.8L/min）可用于表浅血管损伤出血的止血；较高的功率（70～90W）和较高的氩气流量（1L/min）可用于组织消融。而极高的氩气流量可导致气体迅速膨胀引起患者不适。

探头和组织的操作距离一般为2～8mm。当功率设定较低时需将探头靠近组织以使氩离子流能接触到靶组织。靶组织表面必须无液体（包括血液），若组织表面不够洁净，炭化层将深入组织表面造成深部损伤，这就限制了氩离子凝固术在活动性出血中的运用。故操作前，必须先通过冲洗和吸引等方法清除组织表面的液体。

氩离子凝固术的最佳作用持续时间在 0.5 ~ 2 秒钟之间。双钳道的内镜还可同时吸除氩气。氩气探头应尽量避免与组织的接触，当两者接触时其作用仅相当于一个接触式的单极电极，深度的热损伤将导致氩气溢入黏膜下造成黏膜下积气甚至逸出肠腔。虽然治疗过程产生的气体可很快再吸收，但还是可能会引起一些并发症并影响预后。同时还必须注意避免氩离子流误烫内镜，造成内镜的损伤。当所要治疗的组织与金属移植物如支架相接触时，气流强度和（或）功率的设定应相应地降低。

4.3 适应证与功效

4.3.1 止血

血管扩张 氩离子凝固术已成功用于治疗上消化道和下消化道的血管扩张症，包括胃窦毛细血管扩张症、散在的血管发育不良症、出血性毛细血管扩张症、放射性直肠炎等所造成的出血。

一项研究表明，17 例胃窦毛细血管扩张症患者在分别接受 1 ~ 4 次的氩离子凝固术治疗后好转。平均治疗 30 个月后 5 例出现复发[2]。五项追溯性研究共对 78 例经氩离子凝固术治疗的放射性直肠炎患者进行了评估。除 5 例外的所有患者（94%）在治疗后 8 ~ 28 个月效果明显；其中 3 例出现复发性出血，3 例治疗后出现自限性肛门直肠疼痛，2 例发展为慢性直肠溃疡，2 例发展为直肠狭窄，需行直肠扩张术。

溃疡出血 有报道称氩离子凝固术可用于治疗溃疡出血。Chan CH 等[3]研究了氩离子凝固术联合肾上腺素局部注射对 185 例消化性溃疡出血的疗效，结果表明肾上腺素联合氩离子凝固术与肾上腺素联合热探头凝固术的疗效相同。

静脉曲张出血 30 例患者被随机分成两组，分别对其进行内镜下曲张静脉结扎联合氩离子凝固术治疗（用于曲张静脉缩小后促使黏膜纤维化）。虽然联合氩离子凝固术治疗组出现发热的病例数较多，但是 24 个月内的累计复发率却显著低于未联合氩离子凝固术治疗组（74%∶50%，$P < 0.05$）[4]。

4.3.2 消融

Barrett 食管 大量的研究报道了应用氩离子凝固术治疗不同长度的 Barrett 食管（包括不典型增生和原位癌）。多数患者同时还服用了大剂量的质子泵抑制剂、硫糖铝，部分还进行了抗反流的手术。结合相关研究，平均治疗 2.5 次后，91 例患者中的 68% 在 6 ~ 36 个月后取得了可靠的疗效，对较短的非环周的 Barrett 食管患者效果更佳。但各种研究报道疗效的差异性较大；有报道显示，70 例经治疗未复发的患者中，69 例（平均随访期 12 个月）出现鳞状上皮再生。而另一研究中，30 例中仅 17 例（平均随访期 9 个月）出现扁平上皮再生。

另外，关于并发症的研究表明，58% 的患者治疗后出现胸部疼痛并由轻加重；治疗后 3 ~ 10 天出现吞咽痛；5 例出现高热和胸膜渗出。另有报道显示，177 例患者中 1 例发展为弥漫性的重度食管炎，需输血治疗；8 例（4.5%）需行食管扩张术。也有报道 27 例患者治疗后，2 例出现穿孔，其中 1 例死亡。还有报道在无明显穿孔的情况下出现了纵隔积气和皮下气肿。值得关注的是，1 例无不典型增生的 Barrett 食管患者经氩离子凝固术治疗后扁平上皮完全再生，但治疗后 18 个月被确诊为黏膜内腺癌。

息肉和腺瘤摘除术后的残留组织 两项研究表明氩离子凝固术对于结肠息肉的消融效果与对胃和结肠腺瘤摘除术后残留组织的消融效果相同。氩离子凝固术作为结直肠腺瘤内镜下切除后的辅助治疗是一种安全、有效的方法[5]。

缩小恶性肿瘤 较多的研究报道了氩离子凝固术在无法手术的食管、贲门癌中的应用。83 例行再通术的患者中，48 例

（58%）在1次治疗后解除梗阻可正常饮食，22例（26%）在2次治疗后解除梗阻。其余患者，咽下困难评分至少提高一级。7例（8.3%）出现穿孔，其中除1例外均采取保守治疗[6]。也有报道氩离子凝固术已少量运用于治疗壶腹部癌和非表浅的结肠癌，或在经超声内镜、组织学诊断为 T_1 期的食管、胃、直肠恶性肿瘤的治疗。

4.3.3 其他

氩离子凝固术也能用于消融发育不良的异位黏膜、金属支架置入后再狭窄以及切除移位的金属支架。一研究组报道了内镜下氩离子凝固术治疗125例 Zenker's 憩室的部分经验（平均1.8个疗程）。虽然部分患者还经过了其他的内镜下治疗，但这些研究都表明氩离子凝固术对此类适应证还是十分有效的。

4.4 安全性

氩离子凝固术应用的是所有高频电外科产品均采用的单极模式，也有接地电极的配置。至今已发表的文章中，所采用的改良研究方法、操作者经验、不同的适应证、患者数、随访期、并发症的定义等方面均存在差异。据报道，并发症发生率一般为 0～24%，其中包括气体膨胀、纵隔积气、皮下积气、治疗部位疼痛、慢性溃疡、狭窄、出血、透壁烧伤综合征、穿孔、死亡等。

4.5 投资收益

作为一项非接触性热装置，与激光比较，氩离子凝固术移动性强、通用性强、也更廉价。但与接触性热装置相比，氩离子凝固术设备复杂、昂贵。然而，氩离子凝固术发生器能与其他单极或多极热装置合用。ERBE 公司的氩离子凝固术 300等离子凝固系统包括 ICC200E／A 发生器、氩离子罐在内和Conmed 公司的 750ABC 系统售价均接近 24 500 美元。氩离子凝固术一次性探头售价 189 美元。至今尚无正式的关于性价比方面的研究材料。

　　氩离子凝固术是一种内镜下非接触性热凝固术。大多数已发表的研究数据都还是非随机、回顾性的。目前有限的材料提示，在注意操作方式及使用推荐设备的情况下，氩离子凝固术能安全地应用于内镜下治疗。它最适于治疗弥漫性浅表血管损伤造成的出血（如胃窦毛细血管扩张症和放射性直肠炎）。然而，目前尚无充足的数据可用于评估它和其他设备的差别，其中包括性价比方面的比较分析。同样氩离子凝固术在消融方面的报道也还十分有限。所以，氩离子凝固术在止血和消融治疗中的作用尚需进一步探讨。

(Ginsberg GG, Barkun AN, Bosco JJ, *et al*. The arg plasma coagnlator. Gastrointest Endosc, 2002,55(7):807～810, 诸　琦　赵晓莹译)

主要参考文献

[1] Farin G, Grund KE. Technology of argon plasma coagulation with particular regard to endoscopic applications. Surg Endosc, 1994,2(1): 71～77

[2] Probst A, Scheubel R, Wienbeck M. Treatment of watermelon stomach (GAVE syndrome) by means of endoscopic argon plasma coagulation (APC): long-term outcome. Zeitschrift fur Gastroenterol, 2001,39 (6):447～452

[3] Chan CH, Siu WT, Law BK, *et al*. Randomized controlled trial comparing epinephrine injection plus heat probe coagulation versus epinephrine injection plus argon plasma coagulation for bleeding peptic ulcers. Gastrointest Endosc, 2003,57(4):455～461

[4] Nakamura S, Mitsunaga A, Murata Y, *et al*. Endoscopic induction of mucosal fibrosis by argon plasma coagulation (APC) for esophageal varices: a prospective randomized trial of ligation plus APC vs. ligation alone. Endoscopy, 2001,33(3):210 ~ 215

[5] Requla J, Wronska E, Polkowski M, *et al*. Argon plasma coagulation after piecemeal polypectomy of sessile colorectal adenomas:long-term follow-up study. Endoscopy, 2003,35(3):212 ~ 218

[6] Akhtar K, Byrne JP, Bancewicz J, *et al*. Argon beam plasma coagulation in the management of cancers of the esophagus and stomach. Surg Endosc, 2000,14(12):1127 ~ 1130

附录　缩略语

	英文缩写	英文全称	中文全称
A	APC	argon plasma coagulation	氩离子凝固术
	ASGE	American Society for Gastrointestinal Endoscopy	美国消化内镜学会
B	BE	barrett esophagus	巴雷特食管
D	DBE	double balloon enteroscopy	双气囊小肠镜
E	EMR	endoscopic mucosal resection	内镜下黏膜切除术
	ESD	endoscopic submucosal dissection	内镜下黏膜下剥离术
	EUS	endoscopic ultrasonography	超声内镜
	EV	esophageal varices	食管静脉曲张
	EVL	esophageal varlceal ligation	食管静脉曲张套扎术
G	GAVE	gastric antral vascular ectasia	胃窦毛细血管扩张
	GV	gastritis verrucosa	疣状胃炎
H	HPC	heater probe coagulation	热探头凝固术
	HRP	hemorrhagic radiation proctitis	放射性直肠炎出血
I	IDA	iron deficiency anemia	缺铁性贫血
M	MWS	mallory-weiss syndrome	食管贲门黏膜撕裂综合征
P	PDT	photodynamic therapy	光动力治疗
	PPI	proton pump inhibitors	质子泵抑制剂
	PU	peptic ulcer	消化性溃疡
R	RT	radiotherapy	放射治疗
T	TAE	trans-arterial embolization	经导管动脉栓塞治疗
	TIPS	transjugular intrahepatic portosystemic shunt	经颈静脉肝内门体分流术
Z	ZD	Zenker's diverticulum	咽下部(岑克尔)憩室